내 살아온 날들의 기록

신경희 여사 고백 수기

내 살아온 날들의 기록

인쇄 / 2014. 05. 11
발행 / 2014. 05. 20
지은이_ 신경희
발행인_ 김용성
발행처_ 지우 LnB
출판등록_2003년 8월 19일
서울시 동대문구 휘경동 187-20 오스카빌딩 4층
TEL:02-962-9154 / FAX:02-962-9156
ISBN 978-89-91622-44-9   03810
www.LnBpress.com

저자의 말

내가 아는 모든 분들에게 먼저 송구하다는 말씀을 올립니다.
주제넘게 책을 출간하게 되어 죄송한 마음에 몸 둘 바를 노르겠
습니다. 한 생애를 정말 열심히 땀을 흘려 일하고 자식들 키우고
가르치면서 또한 많은 세월을 부대끼면서 살아왔습니다. 이제 인
생의 마지막 뒤안길에서 내가 걸어왔던 길을 아쉬운 마음으로 되
돌아보는 시간을 가지고 있습니다. 누구나처럼 치열하게 부지런
히 나누고 봉사하며 살아온 세월이지만 아쉬움이 남는 것은 어쩔
수가 없습니다.

그래도 후회 없는 인생을 살았다고 하면 누군가는 제게 손가
락질을 할지도 모르겠습니다. 제 개인적인 생각으로 저는 정말
인생을 잘 살았다는 생각이 들어서 행복합니다. 하루하루 인생의
기나긴 여정 속에서 최선을 다해 살아왔기 때문에 후회가 없다고
감히 말씀 드리고 있습니다. 아무려나 인생에 대한 미련과 후회
가 어찌 없을 수야 있겠는지요. 저 역시 나약한 한 인간이란 것
을 모르는 바가 아니랍니다.

세상을 살다보니 많은 어려움에 직면하기도 하고 또는 모함을 받기도 합니다. 그러나 지나놓고 보면 모든 것이 더불어서 살아온 까닭에 일어난 일들이지요. 인생은 감히 제가 뭐라 말을 할 수는 없지만 함께 하는 것이 인생이라고 생각합니다. 함께 하기 때문에 사랑도 하고 미워도 하고 다투기도 하고 원망도 하리라고 생각합니다. 그래서 이런 다양한 모습 때문에 인생은 한번 누구나 열심히 살아볼 가치가 있지 않을까요.

여기 기록한 내용은 하늘을 우러러 한 점 거짓이 없는 글임을 먼저 밝히고 싶습니다. 그래서 진실을 기록하다 보니 더러 누군가의 가슴에 작은 아픔과 상처를 드릴 수도 있을 것입니다. 자식들에 대해서, 친척과 친지들에 대해서, 이웃들에 대해서, 나를 아는 모든 분들과 혹은 나와 전혀 관계없는 세상 사람들에 대해서도 티끌만큼의 아픔과 상처를 남긴다면 부디 저의 부족한 탓으로 돌리시기 바라며 용서를 빕니다. 그저 저는 제 인생의 소소한 날들을 정리하는 의미에서 여기 이렇게 책을 발간하게 되었다는 것을 이해하여 주셨으면 고맙겠습니다.

부족한 제가 큰 뜻을 이루지도 못하고 그저 요즘에는 이웃과 더불어 행복하게 살아가고 있습니다. 볕 좋은 봄날에 누구도 아닌 제 자신에게 축복을 주고 싶고 열심히 살아왔다고 박수를 쳐주고 싶은 마음에 불초 이렇게 수선을 떨었습니다. 그동안 제게 보여주신 여러분들의 사랑과 배려에 무한한 감사를 드립니다. 이 글을 통해서 작은 소통의 공간이 마련된다면 더없이 바랄 것이 없겠습니다. 항상 건강하고 행복하십시오. 너무너무 감사했습니다.

2014년 4월 초순에 익산 남중동에서
신경희 배상

차 례

내 살아온 날들의 기록

제1장

출판의 동기와 경로당 경과보고

　내가 이 경로당을 기부 체납한 이유는 내가 장차 생을 마친 뒤에 경로당이 없어질 것이 염려되었기 때문이다. 그래서 경로당으로 영원이 남아서 마을 어르신들이 자유롭게 어기에서 쉬실 수 있기를 바랐던 것이며, 또한 시청에서 항상 관심을 가지고 운영을 해주십사 하는 마음에서였다.

　이 책을 쓰게 된 동기를 굳이 말하고자 하면 경로당에 관련한 때문이다. 경로당을 개설하고 오늘에 이르도록 순탄치 않은 일이 많이 일어났다. 따라서 내 마음의 상처 또한 작지 않았다. 이런 내 심정을 회원 한 사람 한 사람을 불러 일일이 해명할 수도 없는 노릇이다. 그래서 이렇게 큰마음 먹고 글을 써서 책으로 펴내어 내 작은 뜻을 전달하고 싶었던 것이다. 이런 나의 심정을 이해해 주었으면 좋겠다.

　내가 경로당을 하게 된 계기는 다른 데 있지 않다. 동네 노인들은 자녀들이 직장에 가고 손주들이 학교에 가버리면 하릴없이 남의 집 앞에 나와 앉아 계신다. 그 어르신들에게 어째서 나와 앉아 계시냐고 물으면 지나가는 사람이라도 쳐다보려고 나와 계

▲ 남중동 경희 경로당 제막식
(익산시 이한수 시장님과 함께)

신다는 것이다. 대부분의 우리 어르신들은 이렇게 무료하고 외로운 것이 사실이다. 나는 그래서 이런 어르신들을 위해 무엇을 할 수 없을까 생각하다 어르신들이 쉴 수 있는 자리를 만들어 드리는 것이 도리라는 생각을 하게 되었다.

그래서 많은 어려움 속에서 현재의 남중동 경희 경로당을 개설하게 되었다. 나는 사비를 털어서 경로당을 개설하여 시에 기부체납을 하였다. 초창기에는 내가 개인적으로 운영비도 쓰게 되었는데 당시에는 시청에서 도움을 주는지조차 알지 못했다. 그런데 2013년도에 나에게 엄청난 시련이 닥치게 되었던 것이다. 나는 이런 글을 이렇게 쓰는 것이 스스로 매우 마음이 아프다는 사실을 밝힌다. 하지만 경로당과 관련한 어떤 오해도 있어서는 아니 되겠기에 이렇게 책을 펴내게 되었던 것이다.

지난 2012년경, 회원 한 사람이 시청에 민원을 제기했다. 시청에 찾아가서 경희 경로당 기부 체납한 장부를 보여 달라는 사람이 있었다고 한다. 어느 날인가 시청에서 이런 전화가 내게 걸려 와서 나는 불신감에 밤잠을 이루지 못했었다. 이뿐만이 아니라, 밤에 집으로 전화를 해서 경로당 발전을 위해 회장에서 물러나라고 하

였다. 이후 모종의 몇 사람들이 모여 데모까지 하려고 한다는 말을 들었다. 나는 기가 막힌 일이었으나 이들과 같이 싸울 수 있는 입장이 아니었다. 이들과 같이 다투면 똑같은 사람이 되어버릴 것이기 때문에 마음속에 일어나는 분노를 어쩔 수가 없었던 것이다.

나는 노인들을 위해 좋은 일을 하고자 했던 일인데 왜 이렇게 마가 끼는지 모르겠다고 한숨이 수없이 흘러나왔다. 당시에는 내가 왜 공연히 이런 일을 벌였는지 후회가 막급하고 마음의 상처가 너무나도 컸다. 지금에도 당시의 일을 생각하면 나도 모르게 부르르 떨리면서 식사도 제대로 할 수가 없고 밤에 잠을 제대로 이루지도 못한다.

지난 2003년 1월쯤 현 경로당 자리를 박도삼 씨 소개로 5600만 원을 주고 샀는데 오래된 집을 매입하였던 것이며, 당시 2600만 원을 들여서 수리를 하여 노인들이 편리하게 쉬었다 가실 수 있도록 고쳤으며, 개소식을 2003년 4월 16일에 하고 시청에 기부체납을 바로 했던 것이다. 내가 이 경로당을 기부 체납한 이유는 내가 장차 생을 마친 뒤에 경로당이 없어질 것이 염려되었기 때문이다. 그래서 경로당으로 영원이 남아서 마을 어르신들이 자유롭게 여기에서 쉬실 수 있기를 바랐던 것이며, 또한 시청에서 항상 관심을 가지고 운영을 해주십사 하는 마음에서였다.

경로당의 경과

우리는 2003년 4월 16일에 개소식을 하고 경로당을 운영하기 위해 회장을 비롯하여 부회장, 총무, 감사를 선임하였다. 그리하여 1대 총무로 김재민 씨를 선임했다. 모든 운영을 총무인 김재민 씨가 맡아서 해주도록 책임을 맡겼다. 우리는 김재민 씨한테 통장과 도장을 맡기고 한 번도 확인을 하지 않았다. 나는 경로당의 운영에 간섭하지 않았다. 내가 경로당에 나가면 부담스러워할 것 같아서 그랬던 것이다.

그러다가 보니 노인들의 점심을 해주는 사람이 있으면 편리하겠다 싶어서 옥상에 빈 공간이 있어서 사람이 기거할 수 있게 하려고 박도삼 씨에게 견적을 내 보라고 했더니 190만 원의 견적이 나왔다. 나는 내 개인적으로 190만 원의 경비를 들여 방을 만들어서 노인들 점심을 신부자 씨가 해주고 기거하다 몇 개월 뒤에 가셨다. 그 후 옥상 방이 비어 있었는데 집근처에 사시는 분이 집에 불이 나서 오갈 데가 없어 집을 얻을 때까지 사신다고 하여 살았는데 결국 계속 살겠다고 해서 5~6년 동안 월세 10만 원씩을 내고 살았다. 이 월세를 당시 김재민 총무가 받아서 경로당 운영을 했다.

그러던 중에 김재민 총무가 회원과의 언쟁이 있어 서로 주먹질까지 해서 회원이 1주 진단까지 받아 소송까지 한다고 하는 것을 나는 보고 있을 수만은 없어서 중간에 무척 노력을 하여 소송까지 가지 않고 마무리를 하였다. 그런 일로 김재민 총무는 그만두는 상황이 되고 말았다. 그 뒤로부터 경로당 회원들 간에 내가 안 나가면 이런 일이 또 벌어질 것 같아 가끔 나가게 되었던 것이다.

김재민 총무가 재직 시에 집세로 받은 돈이 300만 원 이상 통장에 있어서 새로 2대 신유식 총무가 선임되어 옥상에서 누구든지 살 수 있도록 방을 넓혀서 살 수 있도록 공사를 해서 월세로 15만 원씩을 받고 세를 놓았다. (여기에 든 경비는 시청과는 무관함)

신 총무가 1년 총무 일을 하던 중 건강에 이상이 있어서 정귀녀 씨가 3대 총무로 선임이 되어 1년 동안 하면서 역시 회원과의 마찰이 있어 그만두었다. 그리고 4대 고하섭 씨가 총무로 선임이 되었다. 그 무렵에 경로당 집세를 받아 회장이

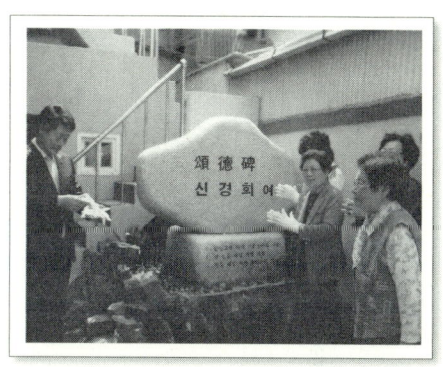

▲ 경로당 개소식에서 송덕비 제막식을 하다

다 사용한다고 시청의 복지과로 민원이 들어갔던 것이다. 그런가 하면 밤에 집으로 전화를 해서 경로당의 발전을 위해 회장 자리를 내어 놓으라고 하고 모종에 데모하자는 말까지 나왔다고 한다.

나는 경로당 모든 지출을 감사인 최옥희 씨와 상의해서 월세로 나온 돈은 통장에 넣고 입금과 출금을 하였기에 증거를 모두 보여 주어 오해가 풀렸다. 고 총무가 2년 하고 총무를 그만두고 5대 총무로 이순자 회원이 현재 총무를 맡아보고 있는 실정이다.

내 고향 옥구 접산리 광산부락이 그립다

이제 나는 내 생애의 끄트머리에 호젓하게 다가와 있다. 모든 운명을 받아늘이고 어떤 후회도 용납할 필요가 없는 시점에 서서 내 삶의 이야기를 감아올리며 홀로서기를 하고 있는 것이다.

내가 태어나고 자란 전북 옥구(沃溝)는 앞에 만경강을 두르고 드넓은 김제평야를 이웃하여 있다. 그 멀리로 높고 낮은 산악이 뻗쳐 금강의 연안에서 다른 지역과 경계를 이루면서 비옥한 평야를 이루어 나간다. 그러면서도 한편으로 옥구는 삼면이 해안선에 닿아 모름지기 바다와 강의 질펀한 축제이듯 기름졌다. 돌이켜 생각해 보면 나의 삶도 역시 질펀한 축제가 되었던 것일까? 아, 세상의 이치를 감히 어떻게 알 수가 있으랴. 감히 바보처럼 축제라고 말하는 것을 내 삶의 모습을 들여다 본 사람이라면 용서하지 않을지도 모른다. 그런데도 나는 최선을 다해 성실하게 한 생애를 살아왔기 때문에 그저 축제라는 표현도 싫지는 않다.

옥구군 대야면은 1995년 군산시에 편입되어 지금은 군산 남동부의 심장의 역할을 하고 있다. 구릉성 산지를 올망졸망 거느리고 넓게 펼쳐진 평야는 벼농사의 근간이 되며 그 황망한 들판에서 바라보는 세상은 벅차고 설렌다. 대야는 동쪽으로 임피와 익산의 오산, 남쪽으로 김제 만경, 서쪽으로 회현면에 접하여 사통오달의 기세를 뽐내고 있다. 그 중심의 구릉성 평지에 낮게 터를 잡은 접산리(蝶山里) 광산부락이 바로 내가 태어난 고향이다. 마을 뒤에 병풍처럼 둘러쳐진 뒷산 모습이 나비처럼 생겼다 하여 붙여진 마을이름이다. 접산리, 마을 이름은 호젓한데 오랜만에 되뇌어보는 고향 접산리는 내 생명의 잉태와 더불어 영혼의 탯줄마저 끊지 못하게 만든 운명적인 마을이 되고 말았다. 그러나 다른 사람의 눈에 내가 살아온 모습이 설령 못나 보인다 하여도 나는 후회 같은 것은 하지 않을 것이다. 또한 나는 그렇게 미련 없이 지금까지의 세상을 살아왔기 때문이다. 축제라고 거침없이 내뱉었듯 나는 지금 뿌듯한 심정임을 고백한다.

접산리를 호위하듯 모산, 바우배기, 신기마을 등이 주위에 자연부락을 이루고 있다. 어떤 마을도 어떤 사람도 혼자서는 살아갈 수가 없듯 옹기종기 마을들이 정겹게 이웃하고 있다. 원래 벼농사가 주를 이루었으나 최근에는 근교농업으로 채소 등이 생산되고 대단위의 양계, 양돈, 비육우 등의 사육도 이루어지고 있다고 한다. 그런 옥구군 대야면 접산리에서 1933년 12월 19일, 내가(신 경희 혹은 신 세자) 태어났던 것이다. 나는 위로 언니가 둘, 오빠가 하나 있었으며, 사남매 중 막내로 태어났다. 내가 태어나던 날은 겨울이라 추웠을 터, 나비의 날개를 차갑게 흔들 듯 바람마저 불어왔을 것이다. 내가 왜 갑자기 바람타령을 하는지

지금 나도 잘 모른다. 그저 접산리 고향을 생각하면 드넓은 벌판에서 불던 차가운 느낌의 바람소리가 떠오른다. 가슴을 설레게 하기도 하던 바람이요 가슴을 아프게 할퀴고 가는 바람이기도 하던 것을 그때 나는 깊이 느끼지는 못했을 것이다.

내가 다시 옛날로 되돌아갈 수만 있다면? 이런 생각은 하지 않겠노라 몇 번이고 다짐을 했지만 공연히 마음이 들썽거리고 만다. 옛날로 되돌아갈 수만 있다면? 대체 나의 인생을 어떻게 바꿔 살아보겠다는 말인가? 결코 되돌아갈 수 없는 것이 인생이 아닌가? 그런데도 자꾸만 이런 말을 꺼내는 것을 보면 인생이란 살아온 세월만큼의 거리로 그리움의 거리가 새롭게 만들어지는 것인 줄도 모른다. 나를 낳아주신 아버지 신 동문 씨와 어머니 죽산 안 씨가 다시 살아나신다면 혹은 모를 일이다. 대뜸 아버지는 너 인생 다시 살아라, 불쌍한 내 딸, 어쩌고 하면서 호통을 칠지도 모르기 때문이다. 하지만 모두 부질없는 짓이다. 이제 나는 내 생애의 끄트머리에 호젓하게 다가와 있다. 모든 운명을 받아들이고 어떤 후회도 용납할 필요가 없는 시점에 서서 내 삶의 이야기를 감아올리며 홀로서기를 하고 있는 것이다. 그렇다, 나는 이제야말로 내 삶의 끝에서 홀로서기를 통해 내 삶을 정리해야 하는 것이다. 이것만이 내가 세상을 바라보는 진실한 방식이기 때문이다.

내가 태어나던 시절에 나의 운명은 나의 것이 아니었다. 당시 세상을 함께 살던 이들은 대개 그랬다. 자기 스스로 자신의 일이나 앞길을 선택할 수 있는 환경이 되지 못했다. 무엇보다 그 시절은 일제치하였다. 태어난 자식이든 그 자식을 태어나게 했던 부모 역시 자신의 속내를 쾌활하게 드러내지 못했다. 숨을 죽여 조용히 사는 것이 당시 사람들에게는 미덕이었다. 특히 사내가 아닌 여자로 태어난 우리는 더욱 자세를 낮춰 살아가는 것이 중요했다. 나도 역시 지난날을 더듬어 보면 그랬던 것 같다. 안타까운 삶이 항아리처럼 천연덕스럽게 내가 태어나던 바로 그 순간부터 펼쳐졌다.

나는 내 이름마저 나의 이름을 갖고 태어나지 못했다. 호적상에 부르던 신세자라는 이름은 사실 언니로부터 물려받은 이름이다. 호적상에는 신 세자였으며, 집에서 부르는 이름은 신 경희였다. 그래서 지금은 신세자보다 신 경희라는 이름으로 사람들은 나를 기억하고 나를 불러주지만 나는 애초 세자라는 이름을 물려받았다. 당시에는 아이가 태어나서 건강하게 산다는 보장을 하지 못했다. 전염병 같은 돌림병이 돌면 한 마을에 아이들이 무더기로 죽어나갔다. 홍역을 치르다가 그만 목숨을 잃는 일도 많았다. 내 위로 언니가 죽었는데 바로 그 언니의 이름이 세자였다. 언니가 죽은 뒤에 사망신고를 하지 못하다가 내가 태어나자 바로 그 언니의 이름을 물려받았다. 그렇게 해야 오래 산다는 낭설도 있었기 때문에 이런 방식의 삶을 특히 아버지는 간절히 원했다. 언니는 죽었는데 그 언니 이름을 이어받아 그냥 살아라! 신세자의 삶의 무게는 그래서 얼굴도 모르는 언니의 몫까지 오롯이 짊어지게 되었던 것인지도 모를 일이다. 나는 살면서 죽은 언니라는 존재에 대해 어떻게 살아야 그 넋을 위로하고 그 넋을 실망시키지 않을지 많은 생각을 했다. 비가 오고 눈이 오고 바람이 몰아치던

날은 망령처럼 벌떡벌떡 얼굴도 모르는 언니 생각이 났다.

하지만 인생이란 한치 앞도 모른다. 내 의지와 관계없이 내 앞에 높게 쳐진 장벽을 뛰어넘기란 그리 쉬운 일이 아니잖나. 내가 신세자라는 이름 대신에 신 경희라는 이름을 갖고자 했던 것은 아마 그 단단한 벽을 어떻게든 뛰어넘어서고 싶은 강렬한 욕구에서 비롯된 것은 아닐까? 그리고 신 경희라는 이름으로 당당히 세상에 맞서 지금껏 살아온 세월이었다. 하루도 빈틈이 없이 나름대로 아주 근면하고 성실하게 살아왔다. 이렇게 무 자르듯 말하는 내 행동이 혹여 다른 사람의 눈에 거만하게 비쳐져도 어쩔 도리가 없다. 나는 정말 가혹한 세상에 당당히 맞서 하나도 기죽지 않고 지금껏 열심히 살아왔다. 아침에 해 뜨다가 갑자기 소낙비 오고 천둥이 치다가 다시 호랑이 장가드는 것 마냥 쨍하게 하늘이 걷히는 변화무쌍한 날들을 당당히 헤쳐 여기까지 오게 되었다. 아직도 팔팔하게 숨을 쉬면서 지난날을 더듬어 볼 수 있는 이 순간 역시 나는 참으로 행복하다는 생각이 든다. 인생의 끄트머리에서 자신의 삶을 되돌아보는 계기를 바로 이 책의 기록을 통해 만든다는 자체가 참으로 편안하고 행복한 것이다. 영화의 필름처럼 스쳐지나가는 지난날들이 이제 그저 한 폭의 그림처럼 머릿속에 남아 있다. 어떤 순간에도 원망 같은 마음이나 후회 같은 마음은 없다. 이런 여유 자적한 삶을 누리기란 쉬운 일이 아닌데 말년에 이렇게 마음이 편안한 것도 내가 받은 은덕일는지 모르겠다. 나는 그래서 가족과 이웃들과 나를 아는 모든 이들에게 감사의 마음을 전하고자 한다. 이 글을 통해서 지금까지 나의 이런 마음을 전달하지 못했다면 그런 가족, 그런 이웃, 그런 사람들이 남아있다면 정말 이 지면을 빌어서 고마움을 전하고자 하는 것이다. 우리는 절대 혼자서 독불장군처럼 살아갈 수 없음이 인생이란 것을 모르지 않기 때문이다.

대야면은 옥구에서 유일하게 평야지대를 이루고 있다. 외지에 나갔다가 고향에 들어오는 날은 그래서 매우 마음이 편안해진다. 나뿐만 아니라 같은 고향의 하늘을 이고 살아온 이들의 마음속에도 나처럼 그런 마음이 자리 잡았을 터이다. 대야를 휘감아 흐르는 개천과 수리조합에서 건사하는 수로를 통해 평야의 전역을 기름지게 적시고 북쪽으로 펼쳐진 작은 구릉은 겨우 한 점 그림 같은 느낌을 풍겼다. 여전히 옥구 대야는 옥야천리(沃野千里)를 형성하고 거기서 태어난 많은 이들을 포근히 감싸주고 있다. 나 역시 그런 너그러움을 통해 한 많은 한 세상을 버티고 살아왔던 것인지도 모른다.

아버지 신 동문 씨는 내게 엄격한 존재이면서도 따뜻한 품성을 지니신 분이였다. 나는 아주 어렸을 적부터 아버지의 통제를 심하게 받아왔다. 남녀칠세부동석은 이를 것도 없고 여성으로서의 몸가짐과 마음가짐을 아주 어렸을 적부터 강요했다. 그래서 나는 어려서도 부모님 앞에서 소위 땡깡 한번 제대로 부려보지 못했다. 아버지의 말씀은 이미 위엄의 여부를 떠나서 규칙이고 법이었다. 밥을 먹을 때는 조신해라. 수저와 젓가락을 사용할 때 소리를 내지 말거라. 밤에는 마실을 가서는 안 된다. 어른들 얘기에 끼어들어서도 아니 된다. 사내들과는 노닥거리지 말고 함

께 어울리지도 말아라. 흠흠, 따지고 보면 당시에는 구구절절 옳은 말이었을 터. 부모님의 말씀은 곧 하늘의 말씀이니 또한 거역하지 못하는 것이 당시 자녀들의 법도였다. 나를 간섭하던 억압

▲ 심재근 학창시절의 가족사진

에 나는 당연히 잘 길들여졌다. 그러나 문득 문득 접산리 광산부락 뒷산을 망연히 바라보시던 아버지의 가슴에 자식들에 대한 사랑은 깊게 묻어 있었다. 겉으로는 무섭지만 내심 보이지 않는 깊은 사랑을 주시던 아버지임을 나는 모르지 않았다.

어머니 역시 아버지의 말씀에는 한 마디 토를 달지 못하던 위인이셨다. 어머니는 현모양처가 되려고 작정을 했던 사람 같다. 오직 순종하는 자세로 살아오신 어머니 죽산 안씨, 어머니를 떠

올리면 나는 무엇보다 여성으로서 순종이라는 것이 어떤 것인 줄 깨닫게 된다. 그저 군말 없이 항상 한 걸음 물러난 것이 미덕이다. 밥상머리에서도 가장 늦게 앉고 가장 빨리 일어서야 한다. 어머니가 내게 보여준 것의 교훈은 부지런함이었다. 부지런해야한다. 어른한테 함부로 덤비지 말아야 한다. 어린 나이에도 어머니를 보면 공연히 안쓰러운 마음이 생겼을 정도였다. 명절 같은 때도 가장 늦게 자고 가장 빨리 일어나 부엌에서 일을 하는 사람이 어머니의 존재였다. 그런 어머니의 모습은 나중에 생각해 보면 나의 모습과 흡사했다. 오직 어머니처럼 묵묵히 목소리를 낮추고 자세를 낮추고 살아온 삶이 바로 내 삶이었으니 말이다. 어머니 역시 현모양처로 살아오신 분이셨다. 특히 당시 우리 어머니는 친정어머니를 모시고 살았다. 그러니까 나로 말하면 외할머니를 어머니가 모시고 살았던 것이다. 외할머니를 극진히 봉양하던 당시의 모습을 나는 암암히 기억한다. 우리 외할머니는 내 기억 속에 대단한 분으로 남아 있다. 외할머니를 좋아하고 존경하듯 어머니 역시 좋아하고 존경한다. 그들의 삶은 존경하지 않을 수가 없다. 외할머니는 당시 여자로서 훈장을 하셨다. 그런 깐깐한 외할머니를 모시는 분은 얼마나 대견한 일인가. 그것도 시어머니도 아닌 친정어머니를 말이다. 내 삶의 궤적에서 두 분의 영향은 절대적이었을 것이다. 어머니와 외할머니는 인자하시고 그 속에서 드러나지 않는 완고함도 지니고 있었다. 우리 형제들은 어머니와 외할머니의 품속에서 따뜻하게 새들처럼 깃들어 사는 방법을 알고 있었던 모양이다. 우리는 어머니와 외할머니가 없으면 절대 살 수 없을 거라고 생각했다. 나도 그랬고 언니들도 그

랬고 오빠도 그랬다. 지금은 세월이 흘러 다른 형제들은 모두 떠나갔지만 어머니와 외할머니에 대한 우리들의 기억은 다를 것이 없었다. 아버지의 엄격함 속에서 숨을 쉴 수 있는 공간을 바로 두 분이 만들어주었던 것이다. 아아, 어머니, 외할머니, 정말 그립고 정말 보고 싶은 사람들이다.

내 고향 옥구 접산리 광산부락을 생각하면 그리운 얼굴들이 수없이 튀어나온다. 저녁에도 밤중에도 대낮에도 파란 하늘가에 나지막이 빛나는 낮별처럼 말이다. 엄격한 아버지라고 어디 그립지 않으랴. 뒷집 성질 사나운 할머니가 그립지 않으랴. 접산리 광산부락 살았던 사람들은 모두가 그립다. 오빠, 언니, 마을 삼이웃 사람들, 지금은 어디서 무엇을 하고 있을까. 지금 이렇게 글을 쓰는 시간이 고향 사람들에게 편지를 쓰는 시간만 같아서 참 좋다. 그때 같이 나물을 캐러 가던 친구들은 어디서 무엇을 하고 있을까. 설마 이 세상에 없는 것은 아니겠지. 암튼 그들이 오래 오래 행복하게 살았으면 좋겠다.

어머니, 나비가 찾아 왔어요.

나비는 나를 대처로 안내하는 듯했다. 나비가 훨훨 날아가는 모습을 보면 나도 나비를 따라 어디론가 훨훨 날아갔으며 그 날아간 데가 대처였다. 사람들이 많이 드나들고 온갖 장사치들이 난무한 대처, 군산(群山)이었다.

어느 봄날 나는 말했던 기억이 있다. 어머니, 기차를 타려면 어디로 가야 하나요? 나의 이런 물음에 어머니는 놀랐던 것 같다. 아버지한테는 감히 이런 물음을 던질 수가 없었다. 항상 아버지는 무섭고 두려운 존재로 남아 있었다. 어머니와 무슨 말을 하다가도 아버지가 나타나면 꿀 먹은 벙어리처럼 입을 다물어버렸다. 아버지는 칭찬을 하기보다 무엇이든 야단을 치려고 했다. 아버지 입에서 나온 말은 모두 어찌 어찌 하라는 교훈적인 것이었다. 가슴속에 숨은 사랑이 있어도 겉으로는 그랬던 것이다. 내가 기차 타는 것을 묻자 어머니는 대답을 하지 않고 한참동안 노려보았다. 그런데 어디서 나타났는지 아버지가 화난 목소리로 말을 하는 것이었다.

"경희 이 가시나 큰일 나겠구나. 시방 기차 타고 어디 외입 나가려고 방구고 있냐? 그저 대처(大處) 물 먹겠다는 것들은 싸가지가 바가지여! 국으로 초등학교 졸업하면 살림부터 배워야 한단 말이지."

아버지의 노여움을 말투에서 충분히 읽을 수가 있었다. 멀리로 들리는 기적소리, 이상하게 당시 나의 가슴을 설레게 했던 것은 그 기적소리였다. 이따금씩 나른한 오후의 햇살을 가로지르는 기적소리가 들렸다. 나는 당연히 저 기적소리의 주인공이 서울을 향해서 달리는 기차소리일 거라는 정도는 알고 있었다. 대처에 대한 꿈, 대야면 접산리 광산부락을 떠나 대처로 나가고 싶은 마음이 가슴속에 은연중 내포되어 있었던 줄도 모른다. 분명 기적소리를 들을 때마다 나는 그 기차를 타고 어디로든 멀리 떠나보고 싶은 충동질이 일어났기 때문이다. 그러나 감히 그런 생각을 누구에게 꺼낸다는 것은 당시로선 엄두도 내지 못할 일이었다.

봄보다 먼저 찾아온 것은 항상 나비였다. 나비는 여러 가지 모습으로 하늘하늘 우리 집 담을 넘어 들어왔다. 나비는 나를 유혹하며 미소를 지면서 춤을 췄다. 나도 모르게 어머니, 나비가 찾아 왔어요, 하고 외쳤다. 아버지는 이런 내 어린 모습을 보며 입꼬리를 말아 올렸다. 뭐가 내게 못마땅했던지 항상 보면 아버지는 인자함이 부족하고 완고했다. 그저 아버지 곁에 가는 것이 무서울 정도였다. 어머니가 아니었더라면 나는 이미 어린 시절에 숨이 막혀 죽었을지도 모른다. 아버지의 지청구 끝에 다독이는 어머니의 손길이 따뜻하게 느껴졌다.

"경희가 시집이 가고 싶나 보다. 아침부터 나비타령을 늘어놓

는 거 보니......"

"원 별 말씀을 다하시네요. 경희 아직 국민 학교 댕깁니다."

어머니의 말을 중간에서 자르며 누군가 옆에서 이렇게 말했던 기억이 난다. 어머니의 말씀 역시 항상 따뜻한 기운이 묻어 있었다. 기억이 가물가물하지만 아마 동네 이웃집 아주머니 아니면 훈장을 하시던 외할머니 아니셨을까? 외할머니는 내가 아주 어릴 적에 돌아가셨는데 딸을 일곱 낳았다고 했다. 어머니는 일곱 딸들 중 막내였다고 한다. 일곱 딸 가운데 막내딸이 외할머니를 모신 셈이었다. 나는 어머니와 외할머니가 아웅다웅 머리를 맞대고 사는 모습에서 부모님에 대한 효도를 생각했을 것이다. 나는 일찍부터 어른들의 생각을 했던 모양이었다. 더구나 당시에는 아이들이 일찍 철이 들어버렸다. 집안들이 가난하고 곤란한 환경에 처한 집들이 많아서 겉으로는 애호박처럼 작아보여도 속은 토실토실 여물어버린 알토란같은 애들이었다.

나비는 나를 대처로 안내하는 듯했다. 나비가 훨훨 날아가는 모습을 보면 나도 나비를 따라 어디론가 훨훨 날아갔으며 그 날아간 데가 대처였다. 사람들이 많이 드나들고 온갖 장사치들이 난무한 대처, 군산(群山)이었다. 군산 대처에 다녀온 사람들의 얘기를 들으면 군산이란 데는 별천지라 하였다. 나중에 좀 더 커서 알게 된 사실이지만 군산은 대야에서 지척에 놓여 있었다. 작은 몸으로 하루를 종일 걸어도 산을 하나 넘지 못하는 것이 당시 걸음이란 교통수단이었다. 우리에게 버스를 타고 기차를 타고 대처에 나가는 일은 그래서 더욱 가슴 벅찬 일이 아닐 수가 없는 것이었다. 결국 옥구가 군산에 편입이 되어 이제 한 울타리처럼 드나들게 되는 지역이 되었지만 당시 물정에 어둔 나로서 군산이란 대처는 넘기 어려운 큰 산에 다름 아니었던 것이다.

군산(群山), 산이 무리를 이룬다 하여 군산이라 했다던가. 섬이 많아서 고군산(古群山) 열도라고 했다지 아마. 그런 섬들이 무리 지어 대처를 이루었던 것인지 당시에는 군산이란 말을 들으면 가슴부터 설레게 되었다. 군산 뿐만 아니라 우리는 이리며 전주 같은 지명을 귀에 딱지가 앉도록 들었다. 내게 대처에 대한 막연한 동경심은 봄이 되기도 전에 뒷산에서 훨훨 날아 들어온 나비들과 같이 가슴 속으로 날아들었다. 나도 저 나비들처럼 자유롭게 멀리 멀리 날아가 보고 싶었다. 접산리 광산부락 뒷산 너머로 뭉게구름이 내려올 때면 저 뒷산 너머에 어떤 세계가 펼쳐져 있을지 매우 궁금했다.

▲ 신경희 여사 원광대 한국사상 과정
수료식 날 가족들과 함께

하지만 내가 동경하던 세계는 내 앞에 펼쳐지지 않았다. 나비가 계절을 따라 자취를 너울너울 감출 때 이상하게 내 동경하던

세상도 자취를 감추고 말았다. 대처로 나가는 일이 결코 쉽지 않았다. 이 말은 내게 좀 더 나은 세계에 대한 기대감을 일찍 차단시켜버렸다는 말이었다. 초등학교를 마치고 상급학교에 진학하려던 꿈은 산산이 부서져버렸다. 어쩌면 상급학교 진학에 대한 꿈이 대처에 대한 간절한 꿈으로 승화되었던 것인지도 모른다. 나는 당연히 상급학교 진학을 하리라 믿어왔다. 그런데 나비가 자취를 감추고 겨울 철새들마저 접산리 들판에서 자취를 감추자 나의 새로운 세계에 대한 동경 역시 자취를 감추고 말았다. 아니 내 의지와 관계없이 사라져버린 미래에 대한 꿈이 자취를 감추어버렸던 것이다.

"경희는 중학교 들어갈 생각 하지 말어야 쓰겠어."

아버지의 호통을 치듯 하던 말에 나는 깜짝 놀랐다. 친구들은 벌써부터 기차타고 통학을 한다고 난리들이었다. 나 역시 집안이 상급학교 진학을 포기할 만큼 가난하지는 않았기 때문에 당연히 중학교 진학을 염두에 두고 있었다. 나중에 알게 된 사실이지만 사촌 오빠네 삼촌이 일본에서 살았는데 여기에서 상급학교에 진학하지 않으면 나를 일본으로 데려가 공부를 가르칠 생각을 하고 있었던 모양이었다. 하지만 이 기억은 정확하지는 않다. 중학교에 진학하는 것을 가로막는 데 커다란 역할을 한 사람은 누구보다 작은 아버지였다. 작은 아버지는 품성이 훌륭하시지만 아버지 보다 더 보수적인 사람이었던 듯하다. 작은 아버지는 기차를 타고 통학하는 자체를 부정했다. 여자가 기차를 타고 통학을 하게 되면 남자들이랑 바람이 난다는 것이었다. 어처구니없는 이유를 가지고 나의 상급학교 진학을 가로막았다. 나는 기가 막혔지만 당시 내게 그런 어른들의 결정에 반기를 들만큼의 결기는 없었던 것이다.

나는 끝내 중학교에 진학하는 꿈이 좌절되었다. 일본으로 나를 데려갈지도 모른다는 말을 어깨너머로 들었을 때에 겁이 덜컥 났을 것이다. 일본이란 나라는 우리나라를 빼앗은 나쁜 나라가 아닌가? 당장 일본이란 얘기를 듣고 그런 생각들이 가지를 치고 일어나 머리가 어지러웠다. 내가 살던 옥구 대야에서 그리 멀지않은 데에 일본인들이 많이 거처를 잡고 살고 있다는 입소문도 많이 들었던 터였다. 군산 어디에서는 일본 사람이 우리의 보물들을 빼앗아 보관하면서 일본으로 빼돌리려고 한다는 소문도 돌았다. 그런 일본에 내가 들어간다는 것은 어불성설이었다. 아버지 역시 작은 아버지의 생각에 동조한 나머지 내가 기차를 타고 통학하는 것을 바라지 않았다. 그런 위인인지라 그 머나먼 일본 땅에 딸을 보낸다는 것은 밥상위에 떨어진 팥고물보다 가당찮은 일이었을 터이다. 나는 그저 초등학교를 마치고 어머니 밑에서 여느 여염집 딸들처럼 그런 평범한 날들을 보내게 되었다.

나는 하나의 규수로 자라나는 수업을 받았다. 어머니는 나를 여염집 딸로 바르게 성장하도록 다독이기도 하고 채근하기도 하였지만, 나는 마음이 편하지는 않았다. 대처에 대한 희망을 여전히 버리지 못하고 있었던 것이다. 여기서 대처에 대한 희망은 곧

상급학교에 진학하여 새로운 지역에서 새로운 학문을 하는 일이었다. 그런데 그 희망을 버릴 때 내게 내일은 없을 거라는 불안함이 앞섰다. 방안퉁수로 남는다는 것은 생각하면 어지간히도 답답하고 가슴이 먹먹했다. 여전히 세상물정을 파악하지 못한 우둔한 아이에 불과했지만 막연한 대처와 외지에 대한 동경을 접은 것은 내 가슴을 비틀어 짜게 만들었다.

그런데도 내가 그 시절의 외로움과 허전함을 견딜 수 있었던 것은 바느질이었다. 나는 재봉틀 앞에 앉아 바느질 수업을 착실히 받았다. 훗날 내게 돈을 벌도록 해준 밑천이 바로 재봉틀이며 바느질이었음을 고백하지 않을 수가 없다. 어머니는 이런 점에서 내게 세상을 살아가는 지혜로운 길을 열어주었다고 생각한다. 오늘의 나를 있도록 했던 것이 바로 그런 근면함과 지혜로움이 아니었을까. 나 역시 여성으로서 그런 세계를 배척하지 않고 순순히 수긍하며 착실히 수공예를 익힌 것은 백 번 천 번을 생각해도 잘한 일이었다. 나이 터울이 많이 나는 언니들 뒤를 이어 대야초등학교를 마치고 집으로 돌아온 나는 나비의 비상을 뒤로 하고 운명에 순응하며 방구들에 앉아 재봉틀을 돌렸다. 재봉틀 돌아가는 소리는 밤새도록 멎지 않았다. 나는 어머니와 나란히 앉아 이런 자질구레한 일을 하는 것이 그리 싫지 않았다. 그리고 무엇보다 나는 손재주가 남달리 좋았다고 기억된다. 지금 생각해 보면 나는 환경에 빨리 적응하는 능력이 또한 누구보다 남다르다는 생각이 든다.

나는 집안의 작은 일들을 주로 했다. 큰 냇가에 나가 빨래를
하고 집안 청소를 거들었다. 힘든 일은 언니들 몫이었다. 나는
막내라는 특별대접을 받았던 것 같다. 언니들도 나를 귀여워해
주었으며, 어머니와 외할머니 역시 나를 극진히 대접해주었다.
어머니는 아들을 하나 더 낳으려고 공을 들였던 모양이나 아들이
아니라 내가 태어났다. 스님이 아들을 낳으려면 어찌어찌해야 한
다고 일러주었던지 어머니는 당시 고기까지 먹지 않았다고 한다.
스님이 고기를 먹지 않기 때문이었을 것이다. 아무튼 아들 대신
에 딸인 내가 태어났던 것이지만 어머니는 막내인 나를 특별히
보살폈다. 비싼 마른 명태를 언니들에게는 먹이지 않고 내 입에
넣어주었다고 했다.

어린 시절에 접산리 광산부락이란 시골에서 사는 것은 그래도
힘들었다. 당시 사회적 상황은 물론이고 대처에 대한 꿈이나 상
급학교 진학을 포기한 나로서는 정말 치욕적인 날들이었다. 대야
에서 사는 것이 아무리 팍팍하지 않다 하더라도 군산이나 익산에
비하면 초라하기 그지없기 때문이었다. 기차를 타고 통학을 하
면 연애질을 한다는 신념은 아버지의 뇌리에도 깊이 박혔던 모양
이었다. 아버지는 아주 고집이 세신 분이었다. 한번 자신이 옳다
여기면 삼수갑산이라도 가실 양반이었다. 아버지는 맞는 것은 맞
고 틀린 것은 틀린 분명한 사람이었다. 적당히 타협하는 일을 아
버지는 결코 용납하지 않으셨다. 그래서 상급학교로의 진학 역시
연애질이라는 엄청난 누명을 씌워서 절단을 내버렸던 터이다. 나
는 이런 아버지의 분탕질에 감히 덤벼들지 못했다. 어머니 역시
아버지의 결정을 번복하지 못했다. 이렇게 하여 나의 운명은 접

산리 광산부락을 벗어나지 못하게 되었던 것이다.

"너무 실망할 것 없다. 그저 부모한테 효자노릇 하고 사는 것이 제일이여. 지켜야 할 도리 잘 지키고 살면 최고란 것이지......"

아버지의 이 말씀은 귀에 못이 박혔다. 결코 한 마디도 그른 말씀은 아니었다. 나는 다른 애들이 가방을 메고 대처에 나가 공부를 할 때 재봉틀을 들, 들, 들 돌리고 손에는 뜨개질바늘이 하루 종일 떠나지 않았다. 그런데 이런 일들이 생각보다 싫지 않았다. 내 손에 내 소질에 딱 들어맞은 느낌이 들었다. 내가 깜냥으로 일을 하는 것을 보고 어머니는 물론 이웃집 아주머니들조차 고개를 끄덕거렸다. 간혹 아버지까지 이렇게 나를 놀렸다.

▲ 신경희 한국사상 과정 수료식
(재근이 아들 손자들과)

"우리 경희 데려간 남자는 복도 많겠다. 그저 여자는 바느질 솜씨가 좋아야 해."

이렇게 심심파적으로 놀려먹곤 했다. 그러면서 너는 누구한테 시집을 갈래? 하고 공연히 물음을 던지기도 하였다. 나는 수줍어서 대답을 하지 못하고 묵묵히 재봉틀을 돌리고 뜨개질을 했을 뿐이다. 그럼에도 한 가닥 머릿속을 헤집고 가는 것은 무엇이었던가. 대처에 나가 공부하지 못할 바에 대처 남자한테 시집을 가자. 이런 되다만 생각들이 불쑥 가지를 치고 올라왔던 것이다.

나는 집안의 큰일은 하지 않았어도 날마다 바쁜 나날이었다. 내 재봉틀 솜씨며 바느질 솜씨며 뜨개질 솜씨가 좋다는 소문이 동네 인근에 파다하게 퍼졌다. 나는 어머니 밑에서 여러 해 동안 솜씨를 늘렸다. 이런 수공예 솜씨가 나중에 내 꿈을 펼칠 수 있도록 큰돈을 벌게 해줄 줄을 당시에는 생각도 하지 못했다. 동네 사람들이 일감을 내게 맡기기 시작했다. 일은 매우 재미가 있었다. 일감이 쌓여 있는 것을 보면 마음이 급한 것이 아니라 뿌듯해졌다. 오직 손과 발을 놀려 일감을 완성했다. 대야 시장에 나가서 수선 등의 일을 해도 되겠다는 말을 꺼내는 사람들도 있었다. 나는 초등학교를 나와 상급학교에 진학하지 못한 지난 몇 년이 이제 하나도 서럽다는 생각이 들지 않았다. 아버지 말씀처럼 바느질 잘하고 부모한테 효녀 노릇하는 것이 최고의 미덕이라 생각했다. 마음 한쪽에는 이 솜씨를 살려 돈을 벌지도 모른다는 막연한 기대감 같은 것이 자리 잡았을지도 모른다.

그런데도 문득 어떤 날 하늘을 쳐다보면 어딘지 모르게 마음 한구석이 아려왔다. 대처에 나가 공부하지 못할 바에 대처 사람한테 시집이라도 가서 살아야지, 이런 생각이 한구석에 남아있던 듯하다. 따라서 나는 당연히 대처 남자를 만나 보란 듯이 시집을 가리라고 생각했다. 물론 내 머릿속에서 자연스럽게 나온 생각은 아니었다. 내가 처녀로 커가는 모습을 보던 어른들이 누

구한테 시집 갈 것이냐 장난삼아 물어온 뒤에 아금받게 떠오른 생각이었다. 그런데 정말 인간의 운명은 한치 앞도 분간할 수가 없는 모양이었다. 대처로 시집을 가겠다는 잠재된 내 생각이 나비처럼 훨훨 날아보지도 못하고 픽 스러지고 말았던 것이다. 나비가 너울너울 나를 찾아와서 가슴을 설레게 했지만 나비는 내 희망을 실어 날아오르지 못하고 그만 젖은 날갯짓을 하다 접산리 광산부락 담벼락 언저리에 주저앉고 말았던 것이다. 아아, 가련한 나의 운명아! 내 앞 길이 어찌 되려는지……나비야 나를 싣고 대처로 훨 훨 날아가 주렴……이렇게 잠꼬대를 하기에 이르렀다.

제4장

마당 가운데 사진이 운명처럼 다가오다

모든 것이 나의 불찰이요 내 음덕이 부족해서라고 나는 자위했다.
남편의 관심 역시 멀어지고 남편이 날마다 밖으로 돌더라도 나는 아
내로서 며느리로서의 도리는 다했다. 남편을 대함에 있어서 한 차례
도 헐렁하게 대하지 않았고 홀대하지 않았다. 남편과의 문제를 나는
결코 친정 식구들한테 발설하지 않았다. 혼자서 삭이고 삭이던 날들
이었다.

어느 날 꿈에 달빛 아래서 어떤 하얀 옷을 입은 노인이 나를
불렀다. 내게 자꾸 무슨 편지를 건넸다. 나는 한사코 그 편지를
받지 않으려고 애를 썼던 것 같다. 왜 그랬을까? 겨우 노인한테
붙들려 편지를 손에 받아들었는데 가까스로 깨어보니 꿈이었다.
가위를 눌렸던지 온 몸에 땀이 흥건하게 젖어 있었다. 아련한 느
낌이었는데 그 노인은 매파였던 듯했다. 나를 시집보내려고 무던
히 애를 쓰던 마을 노인인 모양이었다. 이런 꿈을 꾸다니, 나는
일어나서 찬물을 벌컥 벌컥 들이켜고 재봉틀 앞에 앉아 밀린 일
감을 수선했다. 그러고 보니 당시 만나는 어른들마다 결혼 얘기

를 꺼냈던 듯하다. 그래서 결혼이란 말에 주눅이 들어버렸던 것 같다. 누구는 어디 마을 누구한테 시집을 갔다는 소문도 돌았다.

하지만 나는 마음속에 시집 갈 마음을 품지 않았다. 오직 재봉틀을 돌리며 일을 하는 것이 하루의 낙이었다. 쌓인 일감이 줄고 다시 일감이 모이고 하는 것도 제법 재미가 있었다. 일감을 마무리해서 주인한테 전달해 주고 용돈삼아 수선비며 재단비를 받는 일은 또 하나의 다른 재미가 되었던 것이다. 내가 훗날 사업을 하여 돈을 모으는 일종의 수단 같은 것을 나름대로 자연스럽게 터득하는 물리를 익히게 되었다. 나는 생애를 더듬어 볼 때 당시 고향에서 일찍부터 일을 찾아서 배우고 이런 일들이 훗날 나의 직업과 연결되었던 것을 아주 다행으로 생각한다. 따라서 이런 일을 하도록 하신 어머니를 절대 원망하지 않았다.

나는 주위에서 이제 과년한 처녀가 다 되었다며 농담처럼 시집가라는 말을 들으면서 열심히 재봉틀을 돌리고 뜨개질을 했다. 나는 대바늘과 코바늘로 손 뜨기를 하여 목도리도 짜서 두르고 장갑도 짜서 끼었다. 뜨개질에도 여러 가지가 있다는 것을 차츰 알게 되었다. 이런 뜨개질 하나에도 사람의 법칙이 있었다. 중요한 것은 부지런하지 않은 사람은 뜨개질도 제대로 하지 못한다는 교훈이었다. 부지런하고 성실해야 제대로 뜨개질을 하는 것임을 깨달았다. 왜냐하면 뜨개질을 하며 한 코 한 코 누비는 과정은 정성을 빼고는 설명할 수가 없는 작업이었기 때문이다. 내가 대처로 나와 나중에 손 뜨기를 넘어 기계 뜨기 같은 것이 있다는 것을 알았지만 내게 익숙한 손 뜨기는 그대로 인생의 성실한 단

면을 보여주는 것과 같았다. 대바늘뜨기는 가장 내가 자신 있는 방법으로 메리야스 방식, 가터 방식 등의 다양한 방식을 응용하여 각종의 무늬를 만들어낼 수가 있었다. 처음에는 대나무로 만든 대바늘을 사용하다가 나중에는 뿔이나 플라스틱으로 만든 대바늘을 사용하기도 하였다. 물론 그 끝에는 갈고리가 달려 있어서 한 땀 한 땀 누비고 들어가는 맛이 제법이었다. 또한 털실 돗바늘 같은 것은 꿰매는 데 전문적으로 사용할 수 있는 굵은 바늘이다. 이렇게 다양한 방법들도 나름으로 익히고 그 이치를 터득하면서 나는 미래에 대한 새로운 희망이 새록새록 돋아나는 것을 느꼈다. 뜨개질을 할 때 사슬뜨기를 하고 짧은뜨기를 하고 하나하나 다른 방식을 되새기면서 밤을 새는 날은 피곤해도 지칠 줄을 몰랐던 시절이었다.

한동안 일에 파묻혀 대처에 대한 미련은 달아났다. 정말 나는 그런 것으로 알았다. 그런데도 밤에 달이 두둥실 지붕위에 떠오르면 문득 문득 공허한 마음도 일었던 것 같다. 아버지는 양반이란 지체 높음을 매우 중요시했던 인물이다. 양반만 따져서 언니들을 멀리에 결혼시켰는데 내 개인적인 생각이지만 그래서 그 언니들도 나름으로 불행했을지도 모른다. 오직 양반을 찾아서 결혼시키려는 아버지의 의중은 당시에는 숭고한 일인지 모르나 지나놓고 보면 결코 그러지 못했던 듯하다. 그저 자식들을 옭아매는 멍에나 고삐 같은 것이 아니었을까.

아버지는 나도 역시 지체 높은 집에 시집을 보낼 생각을 하셨을 것이다. 하지만 아버지는 입버릇처럼 언니들과 달리 막내는

먼 데로 시집보내지 않고 가까운 데에 두고, 보고 싶을 때 본다는 말을 되뇌었다. 아버지가 나를 먼데로 시집보내지 않고 가까운 데로 시집보낸다는 말을 듣고 마을 도처에서 중매가 들어왔다. 우리 마을 혹은 이웃 마을 사는 여러 남자들을 입에 올렸다. 지금도 가슴이 섬뜩한 기억에 쌀빙이네 언니 아들 즉 옆집 사는 외손자와의 혼담이었다. 내가 당시 듣기로 그 옆집의 외손자는 바로 이웃인 임피에 사는데 당시 안경을 끼었다는 소문이 돌았고, 나와 혼처 얘기가 있었을 때 나는 얼결에 애꾸쟁이라는 말을 입에 담아버렸다. 동네 사람들로부터 저렇게 일찍 안경을 쓰면 나중에 눈이 멀어버릴 거라는 말을 들었기 때문이다. 내가 애꾸쟁이라고 해버리자 그 집에서 화가 나서 당장 임피에 사람을 보내 당사자를 데려온다고 시끄러웠다. 아버지도 놀라서 "이제 사람들이 와서 네 입에 똥을 퍼 넣어도 나는 할 말이 없다." 이렇게 말씀하실 정도였다. 나는 내내 가슴을 저며야 하였다. 하지만 그 일 이후 내가 우려한 일은 벌어지지 않았으며, 더는 말도 오가지 않았다. 나는 사실 그런 데는 관심이 없었다. 오빠마저 군대에 들어가 있어서 더욱 그런 생각은 먹지 못했다. 다만, 내가 대처에 나가는 꿈을 포기하지 않았던 것은 분명하다. 대처에 나가려면 무엇을 어떻게 해야 할까? 대처 사람한테 시집을 가면 되지 않은가? 혼자 이런 되다만 생각들을 무시로 하고 있었던 것도 사실이다.

마당 가운데 떨어진 사진

그런데 내게 생각도 못한 매파 역할을 하던 사진사건이 벌어질 줄은 정말 꿈에도 생각지 못했던 일이다. 난데없는 사진이야기라 나도 지난날을 생각함에 당혹스럽다. 나 역시 사진으로 불거진 그 사건이 당시로서는 황당하기 그지없는 일이었기 때문이다. 우리 집에 간혹 발을 붙이던 여자가 있었다. 나중에 남편이되는 심봉섭 씨의 형수였으며, 조카 재완이 어머니였다. 나로 말하면 결국 형님이 되는 여사이다. 그이가 은근히 오며 가며 나를 눈여겨 살펴보았던 모양이었다. 아버지는 이미 마음속에 혼처를 정해놓고 나를 이제 시집보내려는 눈치였으나 나는 당시 그럴 생각이 없었다.

그런데 하루는 우리 마당 가운데 사진 한 장이 떨어져 있었다. 나는 자연스럽게 마당에 떨어진 사진을 주워들었다. 잘 생긴 청년의 사진이었다. 이마가 반듯하고 눈이 반짝인 것이 인물이 제법인 청년이었다. 내가 마당에 떨어진 사진을 주워서 들여다보고 있자 어느 결에 그이가 내게 다가와서 호들갑스럽게 말을 하는 것이었다.

"이게 누구고? 야 참말 잘도 생겼다. 누가 이런 남자한테 시집을 가려는지 참말 좋겠네. 인물 보니 물어보고 자시고 할 것도 없이 그저 잘 살 팔자 타고 태어났네......"

그이는 사진의 남자를 사뭇 감싸고돌았다. 나중에 알게 된 일이지만 이미 양쪽 집안에서 나 몰래 결정하고 서서히 작업을 했던 모양이었다. 나는 당시 사진 속의 남자에 대해 전혀 영문도 모르는 채 그저 어안이 벙벙할 따름이었다. 그이가 어떠냐고 물어보자 나는 수줍어서 아이 참, 하고 말을 잇지 못했다. 그 남자의 사진을 보니 싫지는 않았으며 참 잘 생겼다는 생각이 들었다. 그런데 얼마 지나지 않아 우리 마당에 그 사진을 떨어뜨려놓은 사람이 그 청년의 형수라는 것을 알게 되었다. 그리고 더욱 놀란 것은 그 남자가 우리 접산리 광산부락 사람이라는 것이었으며, 우리 집 어른들과 사전에 얘기가 오고 갔다는 사실이었다.

마당에 떨어진 사진을 보고 덮어놓고 이 남자 어떻느냐, 참 잘 생겼다, 인물이 훤하다 등등 온갖 감언이설을 늘어놓는 것이 모두 사전에 모의한 술수였다는 사실이었다. 같은 마을 청년이라고 하였지만 나는 그 남자를 기억하지 못했다. 내가 발탄 강아지처럼 싸돌아다니는 축이 아니었고, 또한 사내들에게 관심을 가질 마음의 여유도 지니지 못했던 것이다.

나는 사진의 주인공이 같은 마을 심복섭의 형이란 사실을 나중에 알게 되었다. 복섭이와는 같은 마을에서 낳고 자랐으며 학교도 같이 다녀서 잘 알지만 복섭의 형은 전혀 모르는 사람이었다. 나중에 알게 된 일이지만 복섭의 형은 어린 나이에 아들이 없는 중국 봉천의 고모 집에 양자로 보내졌다고 했다. 명이 짧게 태어났기 때문에 양자로 보내야 오래 산다고 하여 다섯 살 무렵에 중국 봉천의 고모 집으로 보내졌던 것이었다. 내가 태어나기 이전에 아마 중국으로 보내졌던 것인지도 모를 일이었다. 나는 인물이 훤칠한 그 남자가 비록 얼굴은 모르지만 복섭의 형이기도 하여 아주 싫지는 않았다. 이렇게 잘 생긴 남자하고 결혼해서 살면 나쁘지 않을 것 같다는 생각을 하였다.

그런데 정말 거짓처럼 그렇게 되고 말았다. 사진의 주인공과 결혼을 하기로 결정했다. 처음에는 조금 낯설고 믿기지 않는 일이었으나 어른들의 지나친 공세에 나는 결국 항복하고 말았던 것이다. 나는 마음속으로 결혼 전에 그 남자를 한번 만나보고 싶었던 것이 사실이다. 하지만 완고한 아버지는 혼인 전에 그 남자를 귀국시켜 만나는 일을 단념시켜버렸다. 양반 집안을 내세우며 결혼 전 대면하는 것을 완전히 차단해버렸던 것이다. 따라서 나는 운명적으로 혼인을 치른 당일에 그 남자와 첫 대면을 하게 되었던 셈이다. 당시 나와 잘 알고 지내던 복섭 씨도 결혼을 해야 하는 처지라서 우리 역시 몹시 서두르지 않으면 안 되었는데 그래서 우리는 윤달임에도 불구하고 결혼을 하게 되었다. 그러나 우리는 전통혼례도 치르고 신식 혼례도 치렀다. 족두리도 입었고 신식 드레스도 입었다. 당시에는 부족함이 전혀 없는 축복 속의 혼인이었다. 나중에 알게 되었던 사실이지만 남편 심봉섭 씨는 이상하게도 윤달에 태어나서 윤달에 결혼하고 윤달에 돌아가셨다. 정말 일이 이렇게 되고 보니 공교로운 일이 아닐 수가 없다는 생각이 든다.

우리는 많은 사람들의 축복 속에 어엿한 부부가 되었다. 신랑은 당시 나보다 여섯 살이 많은 스물다섯 살이었다. 나는 신랑의 얼굴도 한번 보지 않고 결혼한 구세대 여자가 되었던 것이다. 신랑의 이름은 심 봉섭, 우리 마을 복섭 씨의 작은 형이었으며, 청송 심 씨 양반 자손이라고 아버지는 강조했다. 청송 심 씨와 평산 신 씨가 만나게 되었던 셈, 당시에는 매우 잘 어울리는 배필임에 누구도 의심하지 못했다. 신랑은 중국에 있는 고모네로 일찍부터 가서 살아서 명이 짧다 하여 거기서는 이름도 '동산'이라는 다른 이름으로 부르고 있었다.

아무려나 한 마을 처녀 총각끼리 만나서 우리는 마을 접산리 광산부락의 대궐같이 큰 집에 신접살림을 차리게 되었다. 심봉섭 씨로 보면 행복한 귀국을 했던 셈이다. 나로서는 어떻게 하다 보니 번갯불에 콩 볶아먹듯 급히 살림을 차리게 되었던 것인데 신혼시절에 내가 깨달은 것은 우리는 정말 만나지 말았어야 할 사람들이었다는 사실이었다. 처음에는 여느 부부와 같았을 것이다. 날마다 설레고 신랑이 일찍 출타에서 돌아오기를 기다리던 그저 여염집 아낙에 다름 아니었을 것이다. 하지만 내 가슴에 못이 박힌 사건이 일어났던 것이다.

중국에서 날아온 한 통의 편지

중국에서 날아온 한 통의 편지가 있었다. 어느 날, 우리 집 마당 가운데 한 통의 편지가 떨어져 있었던 것이다. 나는 무심결에 편지를 주워서 살펴보았는데 중국 봉천에서 어느 여인이 남편 심봉섭 씨에게 보낸 편지였다. 나는 무심결에 편지의 내용을 보고 몹시 놀라고 말았다. 심봉섭 씨, 결혼은 잘 하였느냐? 좋은 여자 만났느냐? 행복하게 잘 살고 있느냐? 중국에는 언제 들어오려고 하느냐? 이런 사연과 함께 자신은 어차피 결혼해서 살 수 없는 사람이란 하소연이 가득 담긴 내용이었다. 나는 그 편지를 보고서 남편이 중국 봉천에서 여자를 사귀었음을 알았다. 하지만 사

내가 혼자일 때 여자를 사귈 수도 있겠거니 생각했다. 그런데 남편은 여자를 정말 잊지 못했던 모양이었다. 나는 남편이 그런 존재밖에 되지 않는구나, 실망이 매우 컸다. 중국 여인으로부터 편지는 계속해서 날아들었다. 나는 그 편지를 이제 무시해버렸다. 내가 편지를 무시한다는 것에 자존심이 상했던지 남편은 이제 부터 내가 보도록 중국에서 날아온 편지를 건사하지 않고 그대로 마당 가운데 두었다. 그리고 남편은 얼마 지나지 않아서 그 여자가 보고 싶었던지 중국으로 들어가 버렸다. 이후 다시 돌아온 남편을 나는 제대로 쳐다볼 수가 없었다. 하루아침에 내 자존심을 뭉개버린 나쁜 사람이라고 생각했다. 엄

▲ 남편 심봉섭과의 결혼사진(남편이 문제를 일으키자 결혼사진을 가위로 오려냈지만 귀한 집 자식 사진은 오려내지 않고 자신의 사진만 오려냈음)

연히 아내가 있는 유부남이 아닌가 말이다.

나는 그가 짐승처럼 여겨졌다. 그래서 나는 남편과의 잠자리조차 피해버렸다. 도저히 단호한 내 성격에 남편과의 관계를 원만하게 되돌릴 수가 없었던 것이다. 이처럼 남편은 내게 치명적인 일을 저질렀지만 뉘우치는 기색도 보이지 않았다. 나는 시어머니의 위로를 받으며 남편과 같이 하지 않고 오직 시어머니와 하루하루를 같이 보냈다. 시어머니는 한사코 내 등을 남편의 방으로 떠밀었지만 나는 한걸음도 남편한테 다가서지 않았다. 내 운명의 단추

가 잘못 채워지게 되는 시발점이었다. 간혹 당시 내가 자존심을 접고 남편을 용서하고 새롭게 시작을 하였으면 내 운명이 어떻게 되었을까? 상상을 해보곤 했다.

우리 사이는 이미 금이 가버렸으며 부부의 금슬 따위는 기대하기 힘이 들었다. 그래서 나는 남편의 곁에 가는 일이 매우 두렵고 무서울 정도가 되었다. 문득 찬바람이 휑하게 불며 지나가는 듯했다. 나는 박색도 아니고 여자로서 목석도 아니다. 나도 감정이 있고, 여자로서 누리고 싶은 것도 있다. 간혹 내가 너무 남편한테 차갑게 대하는 것은 아닌가? 별의별 생각들이 밤하늘 별들처럼 밤새 총총 떠올랐다가 새벽이면 정말 별들처럼 사라졌다. 결국 내가 의도적으로 남편을 멀리했던 셈이다. 남편으로서도 아마 자존심이 몹시 상했을 터이었다. 그런데 나는 그 순간에는 이런 사실을 터득하지 못했다. 따라서 남편과의 거리가 멀어진 것은 어느 정도 내 쪽 책임도 있음을 나는 시인한다.

이런 가련한 나의 심정을 당시에 누구한테 허심탄회하게 꺼내지 못했다. 모든 것이 나의 불찰이요 내 덕이 부족해서라고 나는 자위했다. 남편의 관심 역시 멀어지고 남편이 날마다 밖으로 돌더라도 나는 아내로서 며느리로서의 도리는 다했다. 남편을 대함에 있어서 한 차례도 헐렁하게 대하지 않았고 홀대하지 않았다. 남편과의 문제를 나는 결코 친정 식구들한테 발설하지 않았다. 혼자서 삭이고 삭이던 날들이었다. 나는 마음 한쪽에는 항상 멍든 자국 같은 것이 남아 있었지만 그렇다고 크게 내색을 하지 않았다. 전혀 눈치 채지 못한 것처럼 보이는 것이 아니라 노골적으로 알면서도 시큰둥하게 대했다. 나는 당시 정말 어른들이 강조

하시던 여자의 투기는 절대 있어서는 안 된다는 것을 뼈저리게 되새기며 이를 사리물었다. 하아, 이 어쩔 것인가, 불쌍한 여자의 팔자소관이다. 나는 이를 오도독 깨물었다. 남편은 바깥에서 나 몰래 다른 여자들을 은근히 또 만나고 다녔던 모양이었다. 그리고 급기야는 다른 여자를 집안으로 버젓이 불러들였다. 아아, 무슨 운명이란 말인가? 나는 당시 이깟 문제로 흔들리지 않을 것이라고 다짐을 했다. 그런데 대관절 이 여자의 팔자는 어디까지 흔들리고 어디까지 천 갈래 만 갈래 찢겨나갈 것인가?

남편의 여성편력은 어디까지인가

나는 이 시대에 남편으로부터 속을 끓이고 사는 여성들의 영혼을 정말 따뜻하게 어루만져주고 싶은 사람이다. 그 감정은 직접 경험하지 않는 사람은 절대 상상조차 할 수 없는 것이다. 내가 설령 여자들에 대한 시기와 질투를 모든 마음을 비우듯 비웠다고 하나 내 심중에 본능적으로 자리 잡은 자리까지 완전히 비워내지는 못했을 터이다.

내가 엉겁결에 혼인을 하였지만 당장 여자문제가 불거져서 혼인생활이 순탄하지 않을 것이라는 확신이 왔다. 거기다가 내가 남편과 혼인을 하였을 때 큰동서 즉 시아주버니의 아이가 네 살이었다. 당시 시아주버니는 병대에 나가 돌아오지 못한 상태였다. 설상가상 얼마 안 되어 재완이 엄마는 집을 나가버렸다. 그래서 나는 내 의지와 관계없이 재완이를 떠안게 되었던 것이다. 나는 한 마을에서 재완이 역시 늘 보았던 사이며 아이들을 예뻐해서 남처럼 생각하지 않았다.

"이제 어매 애비 없이 불쌍한 아이가 되었구나. 며늘아가, 네가 잘 거두어라."

▲ 선산에서 시어머니 생신 때
(옥구군 선산)

시어머니의 말씀이 가슴을 파고들었다. 나는 혼인을 하자마자 자식이 아닌 조카자식을 가슴에 품게 되었다. 나는 마치 내가 배 아파 낳은 자식이라 여기고 재완이를 키우고 뒷바라지를 게을리 하지 않았다. 남편과의 소원한 거리를 잊을 새도 없이 재완이는 마치 자식처럼 하루를 살아가는 기쁨이 되었다. 나는 조카를 결국 원광대학교에 까지 입학시킬 정도로 뒷바라지를 했던 셈이었다.

나를 예뻐해 주신 분은 시어머니셨다. 나는 어떻게 보면 시어

머니를 친 어머니처럼 여기며 살았다. 시어머니가 없으면 못살 것만 같았다. 나의 처지를 십분 이해하신 시어머니는 나를 매우 아끼고 많이 사랑해주셨다. 남편에게 서운한 감정이 머리 꼭뒤를 지른다 하더라도 시어머니를 생각하면 견딜 수가 있었다. 고부 간의 관계는 쥐와 고양이의 관계처럼 앙숙의 관계라는 말은 내게 귓구멍 근처에도 다가올 수가 없었다. 당치 않는 말이요, 나는 오직 시어머니가 곁에 있기 때문에 하루를 버티고 조카한테 깊은 어미 같은 사랑을 베풀 수 있는 아량을 베풀 수가 있었다. 그래서 훗날 시어머니가 돌아가셨을 때 나는 하늘이 무너지는 휑한 느낌과 슬픔을 느끼게 되었음을 고백한다.

남편의 여성편력

중국 봉천의 여자 사건이 빌미가 되어 내 마음속에 심봉섭 씨는 결코 남편으로 자리 잡지 못했다. 남편은 뒤에 또다시 밖에서 다른 여자를 만났기 때문이다. 들리는 소문에 의하면 한 동네 처녀들도 만나는 모양이었다. 아니나 다를까, 남편은 다른 여자를 이제 집안으로 끌어 들였다. 내가 있음에도 불구하고 남편은 여자를 보란 듯이 집으로 들게 했다. 광산 부락의 우리 집은 매우 넓고 큰 집이었다. 나는 남편이나 남편을 따라 집에 들어온 여자나 사람 같아 보이지를 않았다. 중국 봉천에서 오던 편지를 무시했던 것처럼 나는 남편이 다른 여자를 데려오거나 말거나 이제 눈 하나 깜짝하지 않았다. 이런 나의 태도에 남편은 화가 났던 것인지도 모른다. 아무리 인물이 반반한 여자를 데려오더라도 나는 소가 닭을 보듯 먼산바라기를 했을 뿐이다. 여자들은 자신이 이 집에서 안주인이 될 것이라는 생각을 했는지도 모른다.

나는 남편의 곁을 두지 않았다. 남편에게 아내가 되지 못했고, 아예 그런 일을 생각하면 몸서리가 쳐졌다. 내 스스로 남편의 곁을 두지 않았기 때문에 당시 남편이 다른 여자를 데려온 것인지도 모른다. 나는 한편으로 미안한 마음도 들었다. 결혼을 하였으니 아이도 낳아야 할 텐데 내가 아내 역할을 자의적으로 하지 않았으니 말이다. 시어머니는 일부러 내 등을 떼밀었으나 나는 완강히 거절했다. 그래서 시어머니 입에서는 하늘을 보아야 별을 따지, 라는 말도 나왔다. 나는 남편이 인간처럼 보이지 않았다. 낮에는 남편의 얼굴을 쳐다볼 자신이 서지 않았다. 어떤 날은 깊은 밤에 몰래 남편의 방에 들어가서 잠이든 남편의 얼굴을 보았다. 대체 이 사람의 얼굴은 어떻게 생겼나, 하고 곰곰이 들여다보았을 정도였다. 여자들과 마치 미친 파티를 벌이는 듯이 보였다. 남편은 아이에 대한 핑계를 통해 자신이 여자를 집에 끌어들이는 것에 대해 죄의식을 느끼지 않았는지도 모른다. 남편은 여자를 데려와 들락거리다가 다른 여자를 데려왔다. 그 여자와 정리하지 않은 상태에서 또 다른 여자를 데려왔다. 매우 병적이었다. 나는 당시 아, 이 사람이 병적인 데가 있다는 생각이 들었다. 내 질투를 유발하기 위해 병적으로 매달리는 것도 같았다. 이제 생각해 보면 충분히 나의 잘못이 있는데도 당시에는 내 자신보다 남편의 잘못만이 보였을 뿐이었다. 내가 아내로서 노력을 하지 않은 것도 어떻게 보면 잘못이라면 잘못이 아닌가 말이다.

광산부락 이순희와의 결혼

미친 듯이 여자들을 데리고 들어오는 것도 이제 지쳐 보였다. 그래서 집안에서는 애맞이를 할 수 있는 여자를 정식으로 들이라는 말이 나왔다. 지금까지 이런저런 일로 집안에 들어왔다 나간 여자들은 그저 여자에 지나지 않았을 것이다. 남편을 통해서 작은 영화라도 누리려는 여자들이었을 거라고 나는 당시에 생각했다. 애맞이를 하기 위해 여자를 들이라는 말에 나는 동의해주었다. 내가 아내가 되지 못하니 그렇게 하는 것이 당시로선 도리라는 생각이 들었기 때문이다. 그래서 만난 여자는 같은 마을에 사는 이순희라는 처녀였다. 같은 마을 이순희라는 처녀와 애맞이를 하기 위해 혼례를 치를 때 나는 눈물이 쏟아졌다. 이런 약한 모습을 보이지 말아야지 여러 번 입술을 깨물었다.

그 처녀와 혼례를 치렀지만 그녀에게 아이는 생기지 않았다. 그리고 우리는 접산리 광산부락을 떠나 익산으로 이사를 오게 되었다. 당시 익산으로 이사를 나올 때에 이순희라는 여자를 같이 데리고 나왔다. 시어머니가 같이 가야한다 해서 이순희 씨도 데리고 왔다. 당시 여자들을 집으로 데려올수록 남편의 도박 버릇은 더욱 심해졌다. 아마 중국 봉천에서도 도박을 해서 결혼도 시키지 않았던 것인지 모른다. 남편은 도박 관련하여 별호까지 있을 정도였다. 하룻밤에 나가서 왕창 집과 논이 한꺼번에 넘어가 버렸다. 남편은 완전히 자포자기 상태가 되었던 것이다. 당시 도박으로 우리는 완전히 가산이 기울게 되었다. 그런데 아주 부자로 사는 집안 신현종이란 오빠, 나중에 장항농고 교장이 되는 사촌 오빠한테 통가리 해둔 쌀로 빚을 얻어 재기할 생각을 했던 것이다. 그렇게 빚을 내어 자금을 만들어 익산으로 나왔고, 익산에서 호남털실이란 가게를 운영하면서 다시 돈을 벌어서 자리를 잡게 되었다. 당시 이순희 씨를 데리고 왔을 때 사람들이 집안에 있는 젊은 여자는 누구냐고 물었다. 그래서 나는 집안 고모이며 집안 살림을 돕고 있다고 둘러대었다. 정말 생각하면 기가 막힌 날들이었다. 하지만 그 여자도 나처럼 감정을 지닌 여자였기에 얼마 버티지 못하고 집을 나가버렸다. 남편의 무능함과 도박 등을 지켜보면서 자신의 미래를 점칠 수가 없었던지 어느 날 서울의 작은 아버지 집에 다녀온다며 나가고 그만이었다. 그녀도 아이를 낳으려고 왔는데 아이가 생기지 않고 남편 역시 도박 등에 빠진 사람이란 것을 알고서 아프다는 핑계를 대는 듯했다. 그리고 다시는 연락이 되지 않았다. 남편은 여러 여자들을 병적으로 데리고 들어오고 만나 보았지만 아이가 생기지 않자 자신이 문제가 있어서 아이를 낳지 못한다고 생각을 했던 모양이었다. 남편은 매우 실망했고 의욕을 잃어버렸던 것 같다. 그래서 불쌍해서 시어머니와 나는 상의하여 불쌍한 여자 하나를 데려오게 되었다. 애맞이 하라고 혼인까지 정식으로 올린 이순희 씨에 대한 기억을 잊고 똑바로 살자는 의미도 있었다. 뒷날 남편 심봉섭 씨가 아파서 경희대 한방병원에 입원해 있을 때 그래도 찾아온 여자가 바로 그녀였다. 어떤 여자도 찾아오지 않았지만 이순희 씨만은 찾아와서 안부를 물었다. 같은 마을이어서 아마 소식을 듣고 찾아올 수 있었을 것이라고 생각한다. 아무튼 감사할 따름이었다. 이

제 지나간 추억이 되었지만 이렇게 떠올리게 되다니 사람의 일이란 참 알 수 없는 일이다.

　나는 나중에 재완이 엄마가 친정에 가서 살다가 재혼을 했다는 사실을 알았다. 내 경우라면 있을 수가 없는 일이요 상상도 하지 못할 일이었다. 제 뱃속으로 낳은 애를 두고 친정에 도망치듯 가서 다른 사내와 재혼을 한다는 것은 당시 내 생각으로 상식 밖의 일이라고 생각했다. 지금도 당시 재완이를 생각하면 가슴 한쪽이 아려온다. 어떻든 힘든 시기에 서로 의지하며 살게 되는 운명적인 만남이었다.
　나는 사람들이 뒤에서 손가락질 하는 것을 어렵지 않게 눈치 챌 수가 있었다. 내가 배 아파서 낳지도 않은 시아주버니의 아이를 내 친자식처럼 지극정성으로 키우는 것도 당시에는 흉이 되었다. 마을 사람들이 손가락질 하는 데는 그만한 까닭이 있게 마련이었다. 중국 여자의 일은 모른다손 쳐도 이런저런 여자들을 집 안으로 끌어들인 남편의 태도는 당연히 질타를 받아 마땅했다. 어떻게 버젓이 조강지처가 있는데 다른 여자를 집으로 끌어들일 수가 있을까? 정말 당시에는 아무리 넓은 아량으로 이해를 하려고 해도 이해할 수가 없었다.
　나도 여자였으며, 여자로서 나름대로 질투 같은 것이 어째서 없었으랴. 다만 나는 인륜을 무시하고 예절법도는 티끌만큼도 모른 사람들이 역겨웠다. 당시 내가 표현하던 식으로 말하자면 정말 그 인간들이 찌깔스러웠던 것이다. 티끌만도 못한 사람들이 어째서 내 주위에 이렇게 빙빙 맴돌고 있을까? 대체 누구 때문에 이런 사단이 일어나고 있는 것인가? 어떤 날 달밤에는 나도 모르게 밤잠을 이루지 못하고 뒤뜰에 나가 흐느끼고 있는 내 자신을 발견하며 소스라치게 놀랐던 적도 있었다. 그럴수록 참고 견뎌야지 하고 이를 사리물었다.

남편 심봉섭 씨는 그런 나의 속내를 전혀 들여다보지 않았다. 아니 설령 속내를 들여다본다 한들 되먹지 못한 행동에는 아무런 변화가 없었다. 나는 당시 부러 보란 듯이 건넛방에 와서 뭉개고 있는 남편의 이상한 여자들에게 깍듯이 대해주었다. 당신이란 여자도 참 불쌍하구나. 여기가 어디라고 손목 붙들려 따라들어 왔느냐? 이런 생각을 하니 여자들이 가엽게 여겨졌다. 그 여자들도 아마 남편한테 속아서 각시가 버젓이 있는 집에 발을 들여놓았을 것이다. 나는 이상하게 그런 여자들에게 원망 같은 감정이 서서히 달아나는 것이었다. 밥상도 차려주고 세숫물도 받치고 어떨 때는 신발까지 닦아주었다. 모두 나더러 바보라고 소곤거렸다. 이런 사람들의 속닥거림에 대해서 나는 정말 할 말이 없다. 내가 바보이기 때문에 그런 나에게 바보라고 손가락질 하는 것은 당연한 처사였다. 내가 가장 잘못이 크다. 나는 이렇게 편안하게 마음 먹어버렸다. 나 혼자 공연히 가슴 아파하고 스트레스를 받을 필요가 없다고 생각하자 이상하게 정말 마음이 편안해졌다. 흐음, 어디 열 여자를 끌어들여봐라, 내가 눈 하나 깜짝하나. 이렇게 나는 마음속으로 오기를 부렸다. 이런 오기가 아마 내가 남편한테 저항하는 복수의 방법이 아니었을까. 잘된 방법인지 잘 못된 방법인지 알 수는 없지만 당시 내가 할 수 있는 최상의 방법

이 바로 그런 것이었을 터이다.

이래저래 나는 속이 터지는 날들이었다. 하루도 마음 편할 날은 솔직히 고백하거니와 없었을 것이다. 나는 이 시대에 남편으로부터 속을 끓이고 사는 여성들의 영혼을 정말 따뜻하게 어루만져주고 싶은 사람이다. 그 감정은 직접 경험하지 않는 사람은 절대 상상조차 할 수 없는 것이다. 내가 설령 여자들에 대한 시기와 질투를 모든 마음을 비웃듯 비웠다고 하나 내 심중에 본능적으로 자리 잡은 자리까지 완전히 비워내지는 못했을 터이다. 친정아버지는 이런 딸을 지켜보며 무척 가슴이 아프고 터졌을 것이다. 친정어머니의 속은 더욱 타들었을 것이다. 그들 특히 친정아버지의 말씀은 딱 이러했다.

"경희야, 참고 살아라. 그래도 너는 심 서방하고 혼례 치르고 살지 않느냐. 어떤 일이 있어도 아내의 본분, 며느리의 본분을 지켜라."

이런 정도의 말이 최선의 말이었다. 나는 이런 말이 그래도 어느 정도 위로의 말처럼 들렸다. 내가 묵묵히 참아내는 것을 인정해주는 말이었기 때문이다. 이런 위로도 없었다면 아마 당시 견디지 못하고 내가 집을 뛰쳐나와 버렸을 터이다. 하지만 나는 친정가족들의 말처럼 결코 내 위치를 망각하지 않았다. 며느리로서 아내로서 당당하게 행동했다. 훗날 가만히 헤아려보니 남편이 집안으로 끌고 들어온 여자들이 다섯도 넘었다. 그런데 나는 아주 뒤에 남편이 어째서 이렇게 여자들을 집안으로 끌어들였던 것인지 깨닫게 되었다. 이런 괴이한 행동을 남편은 일부러 그랬던 것이다. 질투도 않고 시기도 않고 소 닭 보듯 해버리자 공연히 화가 나서 더욱 그런 괴상한 행동을 했다는 사실을 나는 아주 뒷날 우연히 깨달았던 것이다.

조카 재완에게도 최선을 다하다

내가 조카 재완이를 내 자식처럼 키우는 것에 대해 알아주고 알아주지 않고는 마음속에 있지 않았다. 어린 아이한테 이런 나의 정성은 당연한 처사였다. 집안 어르신들 역시 남편이 하도 내 속을 썩인다고 생각해선지 재완이 문제 따위는 성토의 대상도 되지 못했다. 나는 정말 재완이 한테 한 점 부끄럼 없이 나의 최선을 다했다. 재완이 엄마 얘기를 더 해야겠다. 앞에서도 밝혔지만 재완 엄마는 친정으로 돌아가서 재혼을 했다. 네 살 먹은 애를 떼어놓고 도망치듯 가서 재혼을 해버린 것이었다. 그런 얘기를 들으면서 재완이가 너무 불쌍해 보였다. 아마 그런 연민의 마음이 내 자식처럼 키우도록 했던 것인지도 모른다. 그런데 나중에 재완 엄마가 죽었다는 소문을 들었다. 재혼해서도 그녀는 별로 편안한 삶을 살지 못했던 듯했다. 재완이 엄마의 유골을 내가 우리 산에 묻어주었다. 나로 말하자면 한 때의 동서인 여자를 생각하면서 그녀의 불쌍하고 가련한 인생을 생각하면서 정성스레 유골을 산에 묻어주었다. 이제 많은 세월이 흘러서 하는 얘기지만 나는 재완이 조카가 제 어미 묘에 자주 찾지 못하는 것에 몹시 섭섭한 마음이다. 저도 이제 나이가 육 십 대 중반을 넘었으면 낳아주신 부모님

의 은공 정도는 알아야 하지 않겠는가? 공연히 옛날로 돌아감에 서운한 감정이 북받쳐서 이런 얘기를 적어보는 것이다. 정말 재완에게 미안하다. 나도 저한테 잘하려고 했지만 그 애 입장에서 보면 서운한 점도 많을 것이다. 우리도 고향에서 나올 적에 빈손으로 나왔기 때문에 재완에게 재산적으로 물려줄 것은 없었다. 나는 오직 재완이를 내 자식처럼 최선을 다해 먹이고 키우고 교육을 시켰다. 나는 하늘에 부끄러움 없이 최선을 다했다고 생각하는데 재완이 스스로 나한테 어떤 서운한 감정을 가지고 있는지 모르겠다. 나 역시 재완에게 서운한 마음이 많다. 제 어머니 묘지 문제 등도 자식이면 고맙다는 말 한 마디 정도는 해야 한다고 나는 생각한다. 친자식처럼 거두고 가르친 것에 대한 것도 사실은 그렇다. 하지만 나는 생색을 내려는 것은 아니지만 작은 어머니가 이렇게 하기란 쉬운 일이 아님을 알아주었으면 좋겠다. 그래도 분명한 것은 나는 여전히 그를 내 자식처럼 기르고 가르쳤기 때문에 그가 잘되기를 바라고 항상 건강하기를 바라는 마음 간절할 뿐이다. 좋은 집안의 여자를 만나서 사는 것을 보고 흡족한 마음이었는데 너무 사업을 확장하다 문제가 되었던 것이 생각하면 가슴이 아프다. 이제 나도 삶의 노년기에 왔기 때문에 항상 지난날을 생각하면 그가 그립다. 이 글을 빌어 그가 보고 싶고 같이 밤새 누워 얘기도 나누고 싶은 그런 심정이다. 세상을 살면서 저와 나 사이에 맺힌 것이 있다면 이 글을 통해서 풀고 싶다. 바로 이런 것이 인생이 아닐까 생각하기 때문이다.

나는 고백하거니와 내 몸속으로 낳은 자식이 없다. 여자가 결혼을 해서 남편과 살면서 자기 아이를 갖지 못한다는 것은 분명 가슴 아픈 일이 아닐 수가 없다. 남편과의 사이에 어떤 문제가 있었던지 아무튼 나는 남편 심봉섭 씨와의 사이에 내가 낳은 핏덩이를 하나도 가슴에 품어보지 못했다. 이 또한 나의 가련한 운명이라 생각한다. 당시에도 나는 나의 이런 운명을 자연스럽게 받아들였다. 처음에는 분하고 원통하고 하였지만 마음을 크고 넓게 먹자 이런 나의 환경이 크게 문제되지 않았다. 그저 나는 이렇게 살라는 운명인가 보다고 생각했다. 그래도 내가 여자인 것이 자랑스럽게 여겨진 것은 나 또한 몸으로 핏덩이를 받아보지는 못했어도 가슴으로 여러 명의 자식들을 키우고 가르쳤다는 것이다.

심봉섭 씨가 다른 여성으로부터 내게 부여한 선물, 내 인생에서 정말 값진 선물은 내게 그 아이들을 안겨준 것이었다. 나는 그래서 그 아이들로부터 행복을 찾고 인생의 의미를 찾게 되었다. 세상에 이런 삶의 무늬도 있구나. 이런 나의 삶이 그런 생각을 하면 하나도 서글프지 않고 원망스럽지도 않다. 이것이 바로 숙명적인 삶이라는 생각이 들기 때문이다. 어떻게 내가 가슴으로 낳은 아이들을 가지게 되었는가? 지난 세월의 깊음 속으로 어쩔 수 없는 여행을 시작해야 할 듯하다. 그래야만 내 인생이 말끔히 정리되지 않을까 생각한다. 이런 기록을 남기는 것은 후세에 누군가 나 같은 삶을 살게 된다면 어떤 본보기가 되고자 하는 깊은 뜻도 어느 정도 가지고 있다. 그러나 무엇보다 내 가족과 나의 이웃들과 나를 아는 모든 분들과 특히 내 자식들에게 이런 엄마의 심정을 영원히 전해주고 싶어서이다.

가슴으로 부르는 기쁨의 노래

지금 나는 옛날 과거로 돌아가 돌이켜 보면 후회되는 것이 없을 정도로 바른 길을 떳떳하게 잘 살았다. 누구한테 보여주어도 부끄러움이 없다. 나는 자만이 아니라 겸손하고 욕심이 없기 때문이다. 오늘 날 이렇게 내 살아온 길을 엮어 책으로 내놓을 수 있게 된 것도 모두 당시 내가 의연히 살아왔기 때문이리라.

사람들은 나를 바보라고 손가락질을 할 줄도 모른다. 아마 정말 그럴지도 모르지. 보는 사람의 생각에 따라서 내 삶을 바보 같은 삶이라 여길 수도 있으니까. 그게 다 무슨 소용인가. 모든 세상의 중심에는 다른 사람이 아닌 내가 있다. 당연히 내 삶의 중심에 내가 있으며, 내 삶의 판단도 내가 하는 것이다. 남이 아무리 저 사람 불행한 사람이라 하여도 내가 행복하면 행복한 것이요, 저 사람 행복한 사람이라 하여도 내가 불행히 여기면 불행한 것이다. 따라서 자기의 인생은 자기가 펼쳐나가고 자기가 결정할 권리가 있다. 나는 여자로서 투기(妬忌)하지 않았다. 강샘을 부리지 않았다는 말이다. 외간 여자를 집으로 끌어들여도 눈 하나 깜짝하지 않았다. 오히려 그들이 불쌍하다고 생각했다. 중국에서 여자한테 결혼 잘 했느냐는 연애편지가 와서 눈으로 확인해도 마음의 동요를 일으키지 않았다. 나는 위기의 순간에 오히려 의연한 꼿꼿함이 내게 있다는 것이 당시에는 매우 다행스럽게 느껴졌다. 울고불고 이웃에 있는 친정집에 가서 난리법석을 칠 수도 있었을 것이지만 나는 당시 시대를 사는 억척여성으로서 정말 의연한 여자이고 싶었던 것이다.

나도 한 여자이고 인간인지라 어찌 마음속까지 태연했으랴. 그저 겉으로 내색하지 않고 의연함을 유지하려 애썼다는 말이지. 그렇기 때문에 오늘 날 이렇게 가슴으로 기쁨의 노래를 부를 수 있지 않았으랴. 지금 나는 옛날 과거로 돌아가 돌이켜 보면 후회되는 것이 없을 정도로 바른 길을 떳떳하게 잘 살았다. 누구한테 보여주어도 부끄러움이 없다. 나는 자만이 아니라 겸손하고 욕심이 없기 때문이다. 오늘 날 이렇게 내 살아온 길을 엮어 책으로 내놓을 수 있게 된 것도 모두 당시 내가 의연히 살아왔기 때문이리라. 남편의 옆에 다른 여자가 있다는 것을 생각하면 마음이야 편하지 않았겠지. 내가 목석같은 여자도 아니고 말이다. 당시 나를 하염없이 넓은 아량으로 품어주신 시어머니, 내가 먹고 자던 방보다 시어머니 방에 머물기 더 좋아했던 시절, 문구멍으로 또 다른 여자가 집안으로 들어오는 것을 보고 가슴이 덜컹 무너졌던 일들, 이제 이런 것들마저 내게 잔잔한 추억으로 남아 있다.

어찌 보면 한 시대를 질기게 살아온 인생으로서 이런 고백은

결코 쉬운 일이 아닐 것이다. 그렇다고 내가 열녀문을 세워 달라 이러는 것이 아니다. 내 스스로 인생을 정리하고 싶어서다. 누군가를 위해 내 삶을 보여주는 일은 결코 쉬운 일이 아니다. 특히 예민한 인생을 살아온 나로서는 더욱 그렇다. 그런데도 이렇게 주저 없이 옛날 민감한 얘기를 기록하고 있는 것은 내 인생을 깊이 들여다보고 이제 어떠한 얘기라도 받아들일 마음의 여유가 생겼기 때문이다. 후회 없이 한 생애를 살아오기란 결코 쉬운 일이 아니다. 그 삶의 굽이굽이 파란만장 했던 일들, 오래 오래 갈무리 해 두고 싶지 않고 바람결에 날려버리고 싶은 질곡의 황톳길을 이제 주저 없이 걸어 나가고 싶은 이 충만한 기쁨, 대체 어디서 이런 용기와 마음이 일어서는 바람처럼 일어서고 있는 것인가?

나는 이제 지난날을 유영하려 한다. 과거를 돌아보며 기쁨을 노래할 것이다. 나를 중심으로 벌어진 모든 일이 이제 소중한 추억이다. 인생의 끝에 와서 어찌 지난 삶을 후회하고 원망할 것인가. 그저 당연한 세상살이처럼 여기는 지금 순간 원망할 겨를이 없다. 지나고 보니 내가 살아오면서 남이 바보라고 생각하는 결정들을 생각하니 참 잘 했다는 결론이 앞선다. 조카를 자식처럼 희생하며 키우고 가르친 일들, 참 생각해 보니 잘했다. 여자의 입장에서 보면 같이 마음 다친 피해자일 수 있는데 남편의 여자들한테 바보처럼 잘 대해준 것도 지나놓고 생각해 보니 참 잘했다. 내 남편이 다른 여자의 아이를 낳고 그 아이들을 가슴에 품어서 오직 내 자식이듯 한 평생 기르고 키우고 가르치던 일을 아직 구체적으로 얘기하지 않았지만 이것도 생각해 보니 참 잘했다. 이제 뒤에 기록할 얘기들 속에서 내가 어떻게 아이들에게 부모로서 최선의 역할을 다했는지 말할 것이다. 아무려나 나는 참 기쁘고 행복하다. 지금 이렇게 인생을 정리하는 자리에 이렇게 내가 걸어온 길을 기록한다는 자체도 잘한 것이며, 이 순간이 참 행복하다는 생각이 든다. 나는 정말 잘 살았으며, 정말 지금 순간도 외로움이 남아 있기는 하지만 외로움 보다는 행복감이 충만하다. 꼭 여러 사람과 여러 가족과 한 집에서 살아야만 행복한 것은 아닌가 보다. 혼자 큰 집을 지키며 살아가는 이런 삶 속에서도 기쁨이 있고 행복이 충만한 것을 느끼게 된다.

나는 남편과 살면서도 시어머니 방에서 거의 살았다. 남편과는 이상하게 거리가 생겼다. 부부로서 운우의 지정을 느껴보지 못했다. 결혼 이전부터 다른 여자와의 관계를 만들어놓았던 남편에게 마음이 붙어 있을 리가 없었을 것이다. 남편 역시 나를 가까이 하기에는 무리가 있었을 것이다. 조강지처에 대한 죄책감의 발로였을지도 모른다. 당시 나는 이런 남편에 대해 원망을 전혀 하지 않았다. 어떤 날은 밤에 슬쩍 들어가서 남편의 자는 모습을 내려다보았을 뿐이다. 대체 어떻게 생긴 위인이기에 이러는 것인가? 의아심이 들어서 몰래 들여다보았다. 그러나 잘 생긴 한 남자가 곤히 잠을 자고 있었을 뿐이다. 이런 남자가 아내한테 그런 몰지각한 행동을 한다는 생각은 정말 놀랄 만한 일이 아닐 수가 없었다. 시어머니는 밀창문을 밀고 들어가라고 자꾸만 등을 떼밀었다. 나는 그럼에도 꼼짝도 하지 않았다. 너무 멀리 하니까 시

어머니가 자꾸 등을 떠 밀은 것이다. 나는 시어머니의 그런 깊은 속과 며느리에 대한 깊은 애정을 당시 충분히 느끼고도 남았지만 남편 방에 들어가지 못했다. 하도 성화에 못 이겨 살짝 그 방에

▲ 춘천 장질공묘소 참배기념

들어갔다가도 수줍은 마음에 그냥 뛰쳐나오고는 했다. 이미 남편과의 관계는 돌이키기 어려울 정도가 되었다. 관계를 회복시키려는 노력을 하지 않은 것은 아니지만 일이란 것이 그렇게 되어가지 못했다. 지금 생각해 봐도 나는 그런 운명밖에 되지 못했던 모양이다. 적어도 남편과의 관계를 생각함에 여전히 쓸쓸한 마음이 한쪽에 남아있는 것도 사실이다.

중국 멀리에 있는 사람의 일을 새 가정으로 끌어들인 것은 그래도 그러려니 했다. 이상하게 남편은 내게 화풀이를 해대기라도 하는 듯이 광적으로 여자들을 집안으로 데리고 들어왔다. 동네 처녀들을 사진을 찍어준다며 집안으로 불러들였다. 또한 당시 귀한 유성기를 소유하고 있어서 옛날 가요를 들으려는 여성들을 집안으로 불러들였다. 그리고 남편은 인물이 좋아서 많은 여성들이 처음 봐도 혹하게 되는 모양이었다. 당신과 같은 또래의 여자들이 남편 옆에 많이 있었다. 나는 그러거나 말거나 내버려두었다. 이제 이미 내가 간섭한다 하여 해결될 일이 아니었다. 병적으로 그런 사단을 만드는 남편을 원망하지 않았다. 오히려 남편이란 사람이 매우 불쌍해 보였다. 인두겁을 쓰고 사람이 하지 못할 일을 저지른다는 자체로 그가 정말 불쌍했다. 내가 불쌍한 것이 아니라 그가 불쌍했다. 여자들 열 명을 데려와 봐라, 거들떠도 보지 않을 것이다. 나는 속으로 이렇게 다짐을 했다. 남편은 정말 이런 나의 강단에 복수라도 하듯 여자들을 끌어들였다. 내가 소가 닭을 보듯 모른체 해버리자 오기가 일었던지 다른 마을 여자들도 끌어들였다. 나는 남편을 상대하기 싫었으며, 다른 여자들 역시 상대하기 싫었다. 남편은 옷을 특히 잘 입은 신사였다. 옷 매무새가 항상 말끔했고, 입성이 좋아서 여자들의 눈에도 두드러지게 띄었다. 동네 여자하고 집안에서 살림을 차리기도 하였다. 조강지처가 버젓이 안방에 있는데 남편이란 자가 동네 여자를 끌어들여 정말 옆방에서 살림을 차려버린 것이다. 도저히 상상하기 어려운 일이 일어났던 것이다. 당시 내 눈에는 동네 처녀들이 하도 들락거려서 눈이 와도 마당에 눈 쓸 일이 없었을 정도였다.

집안의 애 하나가 여자들이 들락거려 눈이 쓸렸을 정도임을 은근히 빗대어 말했었다. 하도 여자들이 왔다 갔다 해서 그렇게 말을 했을 터이다. 앞에서도 언급하였지만 이제 생각해 보니 아예 결혼식을 올리고 살림을 차린 여성도 있었다.

나는 그런 와중에도 남편의 아이를 낳아주지 못하는 여자로서 매우 송구스러움을 느꼈다. 시어머니를 보면 미안한 마음을 금할 길이 없었다. 나는 이제 여자로서의 질투심 보다 한 집안의 대를 이어야 하는 아내로서의 본분을 생각하게 되었다. 그래서 어떻게 하면 아이를 낳아줄 여자를 만나 데리고 들어오게 할 수 있을까? 궁리하기도 하였다. 시어머니와 농담 삼아 어디서 한번 구해보라는 말도 오고 갔다. 그래서 남편이 여자를 데려오는 문제에 대해 도덕적으로 윤리적으로 부담을 느끼지 말도록 처신을 하려고 노력했다. 남편은 여자를 집안으로 끌어들이는 문제에 대해 그래서 조금은 부담이 적었을지도 모른다. 그런 까닭에 남편은 정말 처녀를 집안으로 데리고 들어와서도 살았다. 처녀를 데리고 들어와 살게 되었으니 애맞이를 하라는 말이 나왔다. 처녀가 사내를 만나 집안에 살림을 차렸으니 처녀 입장에서 보면 애를 맞아야 한다는 것, 아이가 없는 남편의 입장에서도 여자를 데려다 살면 애를 낳아야 한다는 말이었다. 나는 정말 고지식한 성격인 모양으로 그런 상황인데도 상관을 하지 않았으며, 자존심을 허물지 않았다. 바가지를 긁지 않았으며, 앞에서 밝혔듯이 여자로서 시샘을 하지 않았던 것이다. 이제 생각해 보면 절로 웃음이 나온다. 내가 왜 인생을 그렇게 살았을까? 이런 질문을 스스로에게 던져보기도 한다. 하지만 대체 그 까닭을 알 수가 없다. 이미 이렇게 흘러온 세월이 아니며, 어떻게 되돌려 볼 수 있는 세월도 아니며, 그런 일도 아닌 것이다. 나는 처녀를 데려왔으니 결혼식을 올려라 당부했다. 그러자 여자는 정말 자기 집서 혼인식을 하지 않고 우리 집에서 혼인식을 치렀다. 나는 정말 정신이 있는 여자가 맞는지 어쩌는지 착실히 내가 집안에 신혼 방까지 차려주었다. 왜 그런 배려를 아끼지 않았을까? 눈에 가시 같은 존재이며, 생각하면 몸서리 쳐지는 일인데 왜 내가 당시 그런 너그러움을 그 여자한테 베풀었던 것일까? 지금 생각해 보면 그 일도 후회되지 않고 잘 했다는 생각이 든다.

아이들의 엄마를 시어머니와 상의해 데리고 오다

남편이 집안으로 끌어들인 여자의 애맞이를 하는 것을 나는 당시 당연하게 생각했다. 내가 남편과 여자행세를 하지 않은 것도 죄가 된다는 생각이 들었기 때문이다. 그런데 또 생각해 볼 일은 어떤 여자가 이런 환경에 남의 애를 낳아주러 온다는 말인가? 제대로 된 여자라면 그러지 못할 것이었다. 똑똑한 여자라면 절대 이런 상황 속으로 자신의 몸을 들이밀 수가 없지 않겠는지. 접산리 광산부락에서 결혼식을 올리고 애맞이를 했던 같은 부락 그 처녀는 아이가 생기지 않았다. 그리고 우리는 광산부락을 떠나 익산으로 이사를 나오게 되었던 것이다. 이사를 나올 때 혼례를 치르고 애맞이를 했던 이순희란 여자를 데리고 같이 익산으로 왔다. 앞에서도 밝혔지만 그 여자는 익산에 나온 지 얼마 안 되

어 서울 작은 아버지 댁에 다니러 간다더니 다시는 돌아오지 않았다. 남편에 대한 믿음이 있을 리가 없었을 것이다. 심봉섭 씨는 그 여자가 가버리자 더 방황하는 모양이었다. 나는 남편이 불쌍하다는 생각이 들었다. 내가 아내 역할을 하지 않아 이제 아이도 하나 갖지 못하겠다는 죄책감이 일었다. 그래서 시어머니와 상의하여 어디 불쌍한 여자 있으면 데려오자고 하였다. 그러던 중에 시어머니가 급히 나를 불렀다. 아이도 낳아주고 밥도 해줄 만한 여자가 있으니 같이 가보자는 것이었다. 그래서 시어머니를 따라 지금의 아이들 엄마를 밖에서 만나보게 되었다. 그렇게 변변하지 못한 여자였고 한눈에 봐서 불쌍한 여자라는 생각이 들었다. 시집이 대야인 최 씨라는 여자였는데 불쌍한 여자가 들어와서 애도 낳아주고 밥도 해먹었으면 좋겠다는 생각이 들었다. 어차피 이렇게 살 바에야 밥이라도 끓여줄 수 있는 여자가 제격이라고 생각했다.

그런데 그 여자가 들어올 때 데리고 들어온 아이가 하나 있었다. 당시 그 여자는 젖이 부족한 터에 아이가 영양실조 상태에 있었던 것 같다. 시어머니는 그래서 내 눈치를 보시면서 아이를 집안으로 들이지 않았으면 좋겠다고 하였지만 나는 애도 불쌍하고 여자도 불쌍해서 들어오라고 했다. 나중에 알게 된 일이지만 친정 언니의 친구 친척이라 하였다. 영양실조 탓에 데리고 들어온 아이가 개구리처럼 이상한 모양새였다. 시어머니는 아이를 쳐다보면 개구리 같고 호랑이 같아 무서워서 밥도 같이 못 먹을 것 같다고 하셨다. 그래서 시어머니가 그 아이를 키워놓고 들어오는 것이 좋겠다고 하였다. 그러자 그 여자는 아이를 데리고 나가더니 아이를 어디에 떼어놓고 바로 다음날에 우리 집으로 들어왔다. 그러나 무슨 운명의 장난질인가? 그 여자의 아이가 얼마 못되어 죽었다는 소문이 돌았다. 여자도 불쌍하고 아이도 불쌍한 일이 아니랴. 이렇게 하여 그 여자와 인연이 되어 여자는 우리 집에서 살림도 하고 심봉섭 씨의 아이를 하나씩 낳기 시작했다. 바로 그 아이들이 내가 가슴으로 낳은 아이들이 되었던 것이다. 나는 이렇게 그 여자와의 인연을 시작했고, 그로부터 내 생애에 없어서는 안 될 2남 2녀의 자식들을 선물받기 시작했다. 남편 심봉섭 씨와 나 사이에 낳은 아이들로 호적에 입적되었다. 심봉섭 씨가 고마운 것은 그렇게 여자들을 끌어들였어도 자식들만은 섞이지 않고 한 여자로부터 네 아이를 낳았다는 사실이다. 그래서 자식들 문제가 얽히지 않고 깔끔해서 당시 아이들을 기르고 가르치는데 크게 어려움은 없었던 듯하다. 아이들과 부모의 인연을 새롭게 만들어가기 시작했다. 세상에 아이들을 보면 당시 남부러울 것이 하나도 없었다. 여자로서의 행복이란 아이를 낳아 키우는 것임을 당시 나는 뼈저리게 깨닫게 되었다.

김정문 알로에로 위장병을 고치다

우리는 모두 열심히 살았다. 사업도 뜻밖에 번창했다. 그래서 많은 돈을 벌게 되었다. 돈이 모여지면서 편하게 살려고 인화동에 좋은 땅 100평을 사서 집을 지었다. 건평 200여 평이 되

는 큰 집으로 나는 집을 지을 때 운을 봐서 지었다. 운을 보니 집을 지으면 다들 괜찮은데 심봉섭 씨와 생모한테 큰 일이 일어난다는 것이었다. 아무튼 남편이 있는데 남편 명의가 아닌 내 이름으로 집을 지었기 때문에 증여세가 엄청나게 부과되었다. 왜냐하면 누군가로부터 재산을 증여 받았다는 것이었다. 인화동에서도 엄청나게 큰 집이었기 때문이다. 나는 피땀 흘려 지은 집인데 받은 집이라 하여 억울했다. 내가 땀 흘려 벌어서 지은 집이라 나는 끝까지 버티었다. 그래서 2년여 정도가 흘렀으며, 이렇게 옥신각신 하다가 세무서장이 두 번 바뀔 정도가 되었다. 결국 내가 사업을 하면서 낸 세금고지서 등을 확인하여 결국 면제받게 되었다. 그런 와중에 같이 이사를 하면 안 된다 하여 가까운 지역에 논이 다섯 필지 오천 평이 있고 집이 딸린 것을 사놓았는데 남편과 생모가 운이 나쁘다 하여 한 집에 사는 것이 몸에도 좋지 않겠다 싶어서 남편과 생모는 막내만을 딸려 그 집으로 분가시켰다. 나는 다른 아이들을 데리고 인화동으로 들어왔던 것이다.

그런데 이사한 지 얼마 안 되어 애들 생모가 연탄을 피워놓고 목욕을 하다가 연탄가스에 중독되어 목숨을 아깝게 잃게 되었다. 영진이 막내가 네 살 되던 해의 일이었다. 아이들 생모가 있으면 내가 한결 마음이 편했을 터인데 그 사람이 없으니 내가 애들 건강관리나 교육 등 생각할 일들이 매우 많았다. 설상가상 얼마 지나지 않아서 남편마저 고혈압으로 쓰러져 버렸고, 십여 년 넘도록 나는 남편을 사업까지 접으면서 간호하기 시작했다. 남편은 십여 년 누워있다가 결국 지난 82년도에 돌아가셨다. 당시 내 몸무게를 재어보니 10킬로가 빠진 상태였다. 국제전광사의 부도까지 겹쳐서 상심을 했던 탓이었다. 나는 심한 위장병까지 앓게 되었는데 거의 죽을 지경이었다. 당시 이런 몸의 상태에서 김정문 알로에를 알게 되었고, 어떤 약과 방법으로 치료가 되지 않았는데 김정문 알로에를 먹고 완전히 건강을 회복하게 되었다. 이 지면을 빌어 익산 김정문 알로에에 감사드린다.

아무려나 우여곡절은 많았지만 아이들로부터 나의 삶은 안정을 되찾게 되었다. 행복의 의미에 대해서 나는 작게나마 깨닫기 시작했다. 비록 배가 아파서 낳은 아이들은 아니지만 나는 가슴으로 아이들을 지극정성 키워나갔다. 이렇게 하여 나는 네 명의 자식들을 모든 부모들이 정성들여 아이들을 뒷바라지 하듯 그렇게 하였다. 오늘날 내가 이렇게 살아서 행복할 수 있다면 당연히 그 아이들 덕분이라고 생각한다. 또한 내 기나긴 삶의 의미는 그 아이들로부터 비롯되었다고 할 수 있다. 아이들이 생겨서 가정이 화목해지기 시작하자 자식에 대한 욕심이 아주 강렬하게 일어나는 것이었다. 어느 집 자식들 못지않게 훌륭하게 키우고 가르치리라. 나는 마음속으로 이렇게 수없이 다짐을 했던 듯하다. 그리고 최선을 다해서 아이들의 육아에 정성을 기울였다.

제7장

내리사랑은 모든 것을 견디게 한다

아이 없는 부잣집 저택에서는 웃음소리가 들리지 않아도 아이 키우는 거지집의 다리 밑에서는 웃음소리가 끊이지 않는다는 말이 영락없이 맞아떨어졌다. 아이의 울음소리가 들리기 시작하면서 집안의 분위기는 매우 화사하게 변했다.

고백했거니와 나는 조카를 자식처럼 키우고 가르쳤다. 네 살 먹은 조카였으니 어찌 남의 자식이라 생각할 수 있었겠는지. 내가 낳은 자식처럼 품에 안고 조카를 키우고 지극정성으로 가르쳤다. 그러나 마음 한구석에 조카는 시아주버니의 자식이지 우리 남편의 자식은 아니라는 생각이 항상 뇌리에 박혀 있었다. 그래서 아내인 내가 노력하여 청송 심 씨 가문에 대를 잇도록 아이를 선물하는 것이 옳다는 생각이 들었다. 그래서 시어머니와 나는 은밀히 애맞이에 대한 얘기를 하기에 이르렀다.

그리고 만난 인연이 지금 우리 아이들의 엄마였다. 자초지종은 앞에서 얘기했지만 우리들의 만남은 매우 극적이며 하나의 영화 같았다. 화려한 영화가 아니라 스토리가 영화처럼 파란만장하게 진행되는 영화와 같았다. 그녀가 처음 남편과의 사이에 큰 애를 낳았을 때 나는 매우 섭섭했다. 우리가 바라던 아들이 아니었기 때문이다. 하지만 그런 겨를도 없이 집안에 아이의 울음소리가 낭자하게 들리자 벌써 집안 분위기가 되살아났던 것이다. 아이 없는 부잣집 저택에서는 웃음소리가 들리지 않아도 아이 키우는 거지의 다리 밑에서는 웃음소리가 끊이지 않는다는 말이 영락없이 맞아떨어졌다. 아이의 울음소리가 들리기 시작하면서 집안의 분위기는 매우 화사하게 변했다. 아이 엄마의 젖이 잘 나오지 않아 애를 먹었다. 아이가 울어서 젖을 물리면 금세 젖이 나오지 않았다. 그래서 암죽까지 끓여서 아이한테 먹였을 정도였다. 내가 스물아홉 살에 큰 애가 태어났으니 열아홉 살에 결혼하여 십 년 만에 집안에 들리는 아이울음소리였다.

그리고 놀라운 것은 아이가 태어나고서부터 남편의 외도는 놀랍게도 멈췄다. 남편은 대신에 놀음을 하였다. 날마다 놀음을 하지는 않았지만 일 년에 한 번씩 큰 노름을 하여 빚을 내게 떠안겨주었다. 나는 그럴 때마다 군소리 없이 남편의 노름빚을 갚아주었다. 여자들을 차츰 멀리하면서 아이 키우는 재미에 빠진 모양이었다. 그리고 보니 남편이 여자를 끌어들인 것은 본능적인 2세의 배출에 대한 집착이었는지도 몰랐다. 여자를 데려와도 소닭 쳐다보듯 하는 아내에 대한 자존심 문제도 있었겠지만 이것보다 더 자식에 대한 간절한 바람의 발로였는지도 모른다. 시어머

니도 나도 남편도 하루가 다르게 자라나는 아이들을 보면서 온 갖 시름 걱정을 잊어버렸다. 나는 혼자 속으로 맹세를 했다. 하나님, 이 아이들을 잘 키우게 도와주십시오. 마음속으로 이렇게 기도를 올렸다. 당시 나는 교회 같은 데에 나가지 않았어도 나도 모르게 마음으로 하나님을 찾고 기도를 했던 듯하다.

큰 애는 딸로 아이 때도 매우 순했다. 젖을 빨리면 울다가도 그쳐버렸다. 커가면서 집안 식구들을 보채지 않고 그래서 매우 편안하게 아이를 키웠다. 큰애가 성장하는 것을 보고 나는 하늘을 우러러 많은 감사의 절을 올렸다. 세상에 어디에 내어놓아도 빠질 인물이 아니었다. 그저 내 눈에는 그렇게 큰애가 예뻐 보일 수가 없었다. 하루는 시어머니가 지나가는 말로 "아니, 네 뱃속으로 낳은 애도 아니면서 그렇게 예쁘냐?" 이렇게 물어왔을 정도이다. 나는 정말 세상에 부러울 것이 없었다. 이제 이 아이만 있다면 세상에 부러울 것도 없고 살 수 있을 것만 같았다. 그런 중에도 조카에 대한 내 마음은 미안했다. 조카 재완이 보다 솔직히 내 자식이라 생각하는 큰애한테 온 정신이 팔려 있었기 때문이다. 그래도 이제 조카는 한질 컸기 때문에 그런 나의 태도에 시샘을 하고 그럴 정도는 아니었다. 이게 다행이라면 다행이라고 당시에는 생각되었다.

나는 열심히 아이의 옷을 뜨개질을 하여 만들어 입혔다. 오색 털실로 아이의 장갑도 만들어서 겨울에 끼우고 목도리도 만들어서 목에 둘러주었다. 내 솜씨를 발휘하는 계기의 하나 역시 아이들로부터 비롯되는 것을 인정한다. 그리고 그 여자는 두 번째 아이를 선물해주었다. 우리들의 바람처럼 두 번째는 아들을 낳아주었다. 우리 집은 날마다 아이의 울음소리가 끊이지 않았고 그래서 날마다 웃음소리도 나고 울음소리도 멈추지 않았다. 행복한 집, 울타리 너머로 사람들이 담을 넘어다보았다. 얼마나 행복해 보였으면 그러했을까. 아니 어쩌면 아이들 소리가 요란해서 넘어다보았던 것인지도 모른다. 우리들의 마음속에는 항상 즐거움이 충만했다. 나는 둘째가 아들이 태어나자 큰딸에 대한 마음이 멀어질까 염려했다. 아들이 태어나니 가족의 모든 시선이 아들한테 집중되었다. 큰애를 애지중지 키우고 길러서 큰애에 대한 사랑을 어떤 자식도 빼앗아가지 못할 것이라 생각했는데 아들이 태어나니 정말 달라졌다. 그래서 자식도 내리사랑이란 말이 나왔던 모양이었다. 아들이 태어나면서도 물론 집안에는 여러 우여곡절들이 있었다. 아이들이 있다하여 남편의 행동이 상전벽해를 하지는 않았던 것이다. 왜냐하면 사람의 버릇이라는 것은 정말 고치기도 어렵고 남을 주기도 어렵기 때문이었다. 남편의 노름 습성은 여전했기 때문이다. 뒷날 이런 노름 습성은 불행하게도 아이들한테도 고스란히 대물림이 되었던 것 같다.

아이들이 태어날수록 내리사랑이란 말이 실감이 났다. 아이들이 태어난다 하여 사랑이 반감되지 않았다. 큰애 몫의 사랑은 가족이나 나로부터 줄어들지 않았다. 태어난 자식을 향한 옆 옆의 사랑이 존재하는 것을 느꼈다. 첫째는 첫째대로 둘째는 둘째대로 사랑의 크기는 전부 줄어들지 않았다. 다만 아이들 입장에서 보

면 큰애로서는 자신에 대한 사랑이 동생한테 돌아가 버렸다고 생각했을지도 모른다. 그러나 장담하건대 우리는 똑같은 크기의 사랑을 애들한테 베풀어주었다. 셋째 아이가 태어났을 때도 상황은 똑같았다. 딸애가 셋째로 태어났는데 나는 이제 딸이라는 자체도 싫지 않았다. 딸이나 아들이나 키우는 재미는 쏠쏠한 것이 똑같았다. 나는 일찍부터 이런 의식에는 남달리 열린 생각을 하고 있었다. 고리타분하게 아들이니 딸이니 하는 것을 구별하지 않았다. 딸로 태어나서 나름대로 아들보다 소외받고 살아온 이력이 있어서 그런 사고(思考)가 자리 잡았는지도 몰랐다. 나는 고백하거니와 아이들의 생모를 정말 내 살붙이처럼 고맙게 생각해주었다. 친자매처럼 나는 생각해 주었다. 우리들의 공식 호칭은 형님 동생이었다. 이런 화기애애한 분위기 속에서 축복받고 태어난 애가 넷째 아들이었다. 그녀는 아들 둘, 딸 둘을 우리에게 낳아주었던 것이다. 우리 가족에게 엄청난 선물을 내려준 셈이었다. 아이들의 생모는 막내를 낳아놓고 얼마 안 되어 세상을 마쳤다. 우리 집 목욕탕에서 연탄가스에 중독되어 아깝게 목숨을 잃었던 것이다. 막내가 네 살 되던 해의 일이며, 이제 이 지면을 빌어 세상에 없지만 그 동생 댁한테 감사의 마음을 전해주고 싶다. 그녀는 시어머니의 말보다 내 말을 더 잘 들었다. 하루는 시어머니가 그랬다.

"아가, 어째서 네가 시키면 말을 잘 듣는데 내가 시키면 내동댕이치더라."

애들 엄마와 나는 이렇게 유대관계가 깊었다. 나는 단 한 차례도 애들 엄마한테 야단을 치지 않았다. 내 살붙이처럼 따뜻하게 대해주었다. 그녀 또한 그 누구보다 나를 잘 따르고 나를 아껴주었다. 우리는 누구의 잘잘못을 따질 수 있는 그런 상대가 아니었다. 같은 처지의 여자로서 서로 위로하고 기대어 살 수 있는 그런 관계가 되었던 것이다. 오직 시어머니보다 나를 더 신뢰하였던 탓에 언젠가 시어머니는 화가 나서 고향 광산부락 심복섭 아들네로 가겠다고 한 적도 있었다. 애들 엄마는 내게 잘 하려고 무척 애를 썼던 모습이 역력했다. 그녀도 나름으로 나의 따뜻한 마음을 읽었던 모양이었다. 제사를 지내는 날은 어떻게 하면 나를 도우려고 애를 쓰는 모습을 보았다. 나를 주려고 맛있는 것을 숨겨놓는 애틋함도 보았다. 나도 맛있는 음식이 있으면 그 동생을 주려고 몰래 숨겨놓은 적도 많았다. 남편은 애들 엄마가 만든 음식이 맛이 없다고 투덜거렸다. 나는 그럴 때마다 당신 천생연분이 만든 음식이니 감사히 먹으세요, 라고 웃곤 했다. 아이까지 낳아주니 당연히 천생연분인 셈이 아닌가. 우리는 어떻게 보면 서로의 눈에 서로의 처지가 불쌍해 보였던 것은 아닌지 모른다. 그녀는 쉽게 속내를 들여다보이지 않는 여자였으며, 말수가 참 적은 여자였다. 그리고 무엇보다 아는 것은 많지 않아도 심성이 고운 여자였다. 오늘 날 우리아이들이 어디가면 법이 없어도 산다는 말을 듣는 것은 제 생모의 이런 심성을 닮았기 때문일 것이다. 또한 우리들 역시 애들을 가르칠 때 착하고 성실하게 사는 것을 먼저 가르쳤다.

넷째 아이는 내게 여느 자식들보다 각별한 마음을 갖게 만들었다. 그리고 생각하면 여전히 짠한 마음이 앞선다. 제때 치료를

못했던 때문인지 소아마비를 아주 약하게 앓았다. 그래서 지금도 한쪽 손을 정상인처럼 불편 없이 사용하지는 못한다. 그래서 나는 그 애를 낫게 해주려고 무던히 애를 썼다. 그래서 지금은 어느 정도 사람구실을 하고 가정을 일구고 살 수 있도록 해주었지만 지난 시절을 더듬어 보면 눈물이 왈칵 쏟아지려 한다. 부모로서 최선을 다해서 키우고 가르치고 하였지만 이제 돌이켜 보면 어찌 부족함이 없었으랴. 그래도 아이들이 지금 이렇게 결혼들 해서 잘 살고 있는 자체로서 나는 만족한 사람이다. 내가 아이들한테 모든 정성을 기울였던 것은 애들이 태어나서 젖이 모자라 그 애들을 먹여 살리기 위한 노력을 들여다보면 아마 짐작이 가리라. 이상하게 애를 낳으면 젖이 부족했다. 그런데 당시에는 우유가 지금의 사정에 비해 매우 비싼 편에 속했다. 그래서 마음대로 우유를 집안에 비치해 두고 먹이지를 못했다. 그래서 우리는 돼지기름을 마치 연유 분유처럼 만들어서 먹였다. 애들이 커갈수록 연유나 분유로 감당을 하지 못하면 우리는 암죽을 끓여 먹였다. 하루에 몇 개는 소용이 되었기 때문이다. 암죽을 끓여 먹이니까 자꾸 배탈이 났다. 어미가 먹는 음식도 넉넉하지 못해서 어미의 젖을 빨리기에 항상 모자랐다. 그래서 우리는 자꾸 병원에 들락거렸다. 먹이고 씻기고 똥 기저귀를 빨고 암죽을 끓여서 먹이면서 치열한 어린 시절을 우리는 이겨나갔다.

애들이 밖에 나가서 손가락질 받게 하지 않으려고 항상 깔끔하게 입혔다. 외출하고 들어오면 항상 몸을 씻겼다. 나는 아이들마다 제 몸에 맞도록 이런 저런 옷들을 직접 만들어 입히기도 하

였다. 내가 바느질 솜씨가 뛰어난 것이 여러 명의 아이들을 키우
는데 그때처럼 보람이 있었던 줄은 몰랐다. 아이들을 내 손으로
건사하는 순간이 나는 무척 행복했다. 아이들은 당연히 나를 어
머니로 받아들였다. 그래서 더욱 아이들한테 소홀히 대하지 못했
다. 초등학교를 보내고 졸업을 시키고 중학을 보내고 졸업을 시
켰다. 나는 모든 자식을 모두 대학까지 보낼 생각을 했다. 물론
나중에 하다 보니 대학까지 가르치지 못한 자식도 있고 대학원까
지 보낸 자식도 있었지만 아이들에 대한 교육열은 대단했다. 어
미처럼 중도에서 배움을 중단하면 안 된다는 생각에는 변함이 없
었기 때문이다. 그래서 오직 자식들을 위해 돈을 벌어야 한다고
생각했다. 내가 배우지 못한 한을 자식들을 가르쳐서 풀려는 생
각이 은연중에 있었던 모양이었다. 그리고 아이들도 제법 열심
히 공부들을 해주었다. 공부하라는 말을 하지 않아도 알아서 제
스스로 열심히 해주었고, 대개 부모의 속을 썩이지 않았다. 나는
부모로서의 역할을 다하려고 무척 애를 썼으며, 아이들은 자식으
로서의 본분을 잊지 않으려고 모두 착하게 자라주었다. 그래서
나는 자식들로부터 내가 원하는 모습을 보게 되었다. 부모의 욕
심이야 한정이 없겠지만 나는 애들로부터 소박한 바람을 지니고
있었다. 무엇보다 건강한 모습으로 자라서 이 세상에서 의미 있
게 살아주기를 바랐다. 그래서 자식들이 성장하고 학교를 마치고
하였어도 그 자식들의 미래를 위해 아낌없이 헌신을 했다.

나는 큰 딸애를 잘 키우고 가르쳤다. 당시 농협중앙회에 취직
을 시켜놓았다. 중앙동 농협에서 십 년을 넘게 공무원처럼 근무

하다 결혼을 시켰다. 전주로 시집을 보냈는데 시집 식구들이 나를 보더니 딸이 하나도 닮지 않았다는 말을 들었다. 그런 말을 들으면 서운한 감정도 있었지만 나는 하나도 신경 쓰지 않았다. 큰애는 목사인 남편을 만나 지금 필리핀에서 행복하게 잘 살고 있다. 아들 셋에 딸 하나를 낳았으며, 애들이 모두 명문대에 들어가는 행운을 잡았다. 이런 모습을 보는 것도 행복중의 하나이다. 그리고 둘째 재근이는 원광대를 나와 대학원 까지 마치고 전라도의 모 고등학교 체육선생으로 근무했다. 운동을 좋아했던지 체육과를 선택하게 되었는데 당시 체육선생은 많은 수요가 없어서 둘째를 선생으로 만드는데 나는 많은 노력을 기울였으며, 마침내 뜻을 이루어 체육선생으로서 소임을 다하도록 했다. 둘째는 역시 학교에서 애들을 가르치는 여선생을 만나 아들 둘을 두고 행복하게 살았다. 불행히도 둘째가 최근에 어미보다 먼저 세상을 작별하게 되었다. 그래서 사실 이런 글을 쓰는 일도 마음이 편하지는 않다. 가장 어미 속이 많이 썩던 자식이고 그래서 짧은 기간이지만 아파 누워있을 때 어미의 간장을 짓무르게 하였다.

둘째 딸애는 간호대를 나왔다. 그래서 병원에서 간호사를 하다가 사직을 하고 역시 목사인 남편을 만나 지금 해외 카자흐스탄에서 행복하게 잘 살고 있다. 둘째 현주는 병원 간호사를 그만두고 선교사로 나갔던 것이다. 나는 둘째 딸애가 착실히 전공을 살려 근무하도록 많은 도움을 주어 수간호사로 앉혀놓았지만 신앙의 뜻하는 바가 있어 선교사를 선택했던 모양이다. 그래서 주님의 믿음 중에 지금도 해외 카자흐스탄에서 열심히 신앙생활 하며 행복한 가정을 이루고 있다. 무엇보다 사위가 목사인 것이 나는 자랑스럽고 마음에 든다. 그러고 보니 나의 삶은 주님의 축복이 내려진 것이 분명해 보인다. 사위들 둘이 모두 목사이기 때문이다. 또한 그 사위들이 목사가 될 수 있도록 나 역시 한껏 지원을 해주었다고 생각한다. 부모의 무조건적인 사랑을 나는 한 점 부끄럼 없이 사위에게도 실천했다. 사위 역시 내 자식이라 생각했기 때문이다. 지금은 멀리 떨어져 있어서 보고 싶을 때 보지 못하는 것이 많이 안타깝고 아쉽지만 저희들만 잘 지내고 행복하다면 더 바랄 것이 무엇이겠는지……

▲ 심영순의 결혼기념 사진

돌이켜 보면 내가 살아온 이유는 자식들이었다. 오늘날 내가 이렇게 건강하게 살고 있는 것도 아이들 덕분이다. 내가 열심히 자식들한테 부모로서 최선을 다해주었기 때문에 나는 나름대로 떳떳한 어머니라고 자부한다. 설령 세상을 살다가 서운한 일이 있을지라도 내 가슴 밑바닥에는 오직 자식에 대한 염려와 사랑뿐이다. 이제 나는 아이들에게 내가 태어나서 처음으로 또한 살아서 처음이자 마지막으로 이렇게 책을 남기려고 한다. 이 지면을 빌어 자식들한테 보내는 어머니의 심정을 이해해주기를 바란다. 언제부턴가 말로 하는 것보다 이렇게 기록으로 남기는 것이 더 진실 되게 전달될 것이라고 나는 믿었으며, 그래서 아주 오래전부터 마음속에 이렇게 책을 출간할 생각을 하고 있었다. 그러나 자식들이 봐주기를 바라는 것은 아니며, 대한민국의 독자들한테 부모의 심경을 피력하려는 잇속도 아니다. 그저 이렇게 해야만 내가 나중에 이 세상을 하직하더라도 안타깝게 생각되지 않을 듯 해서다. 내리사랑은 있어도 치사랑은 없다는 말이 있다. 나는 자식들로부터 사랑을 받고자 하는 것은 아니며, 그저 어미로서 지금까지 자식들에게 어떻게 베풀었는지 보여주고자 하며 이런 심정을 남기고 싶을 뿐이다. 내리사랑이야말로 내가 이 세상을 버티고 살아온 이유이며 모든 어머니들의 존재이유가 아닐까 생각해 본다. 🌲

가족과 친척에게 남기는 글

자식들을 위해 모든 것을 주고 싶은 것이 부모의 심정일 것이다. 자식에 대한 부모의 사랑은 치우침이 없을 터이지만 사정이란 것이 있기 때문에 받아들이는 입장에서는 다양하게 받아들일 수도 있을 것이다. 손가락 깨물어서 아프지 않은 손가락은 없다고 했듯이 모든 부모는 자식이 잘 되기를 바랄 것이며, 어떻든 자식에게 작은 도움이라도 주려고 할 것이다.

첫째 영순 에게

큰애 심영순은 지금 필리핀에 살고 있다. 주님을 섬기는 가족으로 행복한 삶을 살고 있다. 어느 부모들과 마찬가지로 나는 애들이 탈 없이 아프지 않고 행복하게 살기를 바란다. 필리핀은 네 시간 정도면 날아갈 수 있는 나라지만 타국은 타국인지 가족 얼굴 보기가 쉽지 않다. 큰애는 결혼하여 아이 넷을 낳아서 필리핀으로 들어갔다. 간혹 그 아이들 얼굴이 떠오를 때도 있다. 딸들이 이미 중년이 되어 그들의 모습에서 세월의 빠름을 느끼곤 한다.

큰애의 결혼사진을 보면서 지나간 날들이 주마등처럼 떠오른다. 사진이 뿌옇게 탈색 되었으니 참 많은 세월이 흘렀다. 주님을 섬기는 딸의 가족이 여전히 주님의 축복 속에 오래 오래 행복하게 살기를 바랄 뿐이다. 더운 나라에서 어떻게 살아가는지 항상 마음에 걸리는 것은 사실이다. 큰애와 큰사위에게 그래도 나름대로 최선을 다해 주었다는 생각이다. 그래서 크게 후회되는 것은 없는 것 같다. 큰애의 자녀들이 모두 훌륭하게 되어 매우

▲ 심영순의 가족가진

뿌듯한 마음이다. 남들 같으면 손주들 자랑을 늘어놓겠지만 나는 그런 언사가 없어서 그러지 못하고 그저 마음속에 새기고만 살고 있다. 애들이 명문대학에 들어가고 제 위치에서 존재감을 드러내고 있는 것을 생각하면 고마울 데가 이루 말 할 수 없다.

큰애 처음 낳았을 때 아들이 아니라 서운한 면도 있었지만 딸은 살림밑천이라며 위로를 삼았다. 베이지색 한복을 곱게 차려입은 시어머니가 입버릇처럼 이런 말을 했던 것 같다. 고등학교 시절에 머리를 곱게 뒤로 빗어 넘기고 세라복을 입고 걸어가는 모습이 아주 예뻤다는 생각이 든다. 나는 큰애를 위해서 나름으로

최선을 다해주었다. 여기 일일이 열거할 수는 없지만 정말 한 점 부끄러움 없다고 나는 생각한다.

물론 나도 인간이니 어찌 완벽할 수 있겠는가. 그리고 다들 사람이다 보니 부족한 점도 있고 서운한 점도 더러 있을 것이다. 아무튼 한국에 있을 때 조금이라도 더 잘 해 줄 걸 하는 아쉬움은 남는 것 같다. 자식들을 위해 모든 것을 주고 싶은 것이 부모의 심정일 것이다. 자식에 대한 부모의 사랑은 치우침이 없을 터이지만 사정이란 것이 있기 때문에 받아들이는 입장에서는 다양히게 받아들일 수도 있을 것이다. 손가락 깨물어서 아쁘지 않은 손가락은 없다고 했듯이 모든 부모는 자식이 잘 되기를 바랄 것이며, 어떻든 자식에게 작은 도움이라도 주려고 할 것이다. 나 역시 자식들에게 그렇게 했던 사람이다. 나는 힘들어도 내가 가진 것을 자식들에게 나누어주려고 나는 정말 많은 애를 썼다. 그래서 이렇게 지면을 빌어 이런 얘기도 하게 되는 모양이다.

영순이는 결혼 전에 십 년을 넘게 은행에 다녔지만 나는 부모로서 큰애가 월급을 얼마를 받는지조차 알지 못했다. 내게 한 번도 도란도란 그런 얘기를 해준 적도 없었다. 나는 자식을 위해 큰 간섭을 하지 않았기 때문이다. 이런 일도 나이 들어 생각해보니 어딘가 모르게 서운한 감정도 있다. 결혼을 해서도 얼마간 직장을 다녔을 것이다. 나는 부모로서 나름대로 최선을 다하려고 애를 썼다. 나는 부모로서 영순이가 결혼을 해서 아이들이 성장하고 훌륭한 대학에 들어가는 모습을 보고 정말 뿌듯했다. 그래서 이 지면을 빌어서 고맙다는 마음을 전하고자 한다. 또한 동생 영진이가 심적으로 힘들어 어쩔 수 없이 필리핀에 가 있을 때 많은 애를 써준 것에 대해 새삼 감사하다는 말도 남기고자 한다. 당시 나는 영진이 짝을 맺어줄 생각에 한국에서 돈을 주고 사서 궁합 보는 사람까지 데리고 들어갔던 적이 있어서 좋은 경험도 했지만 내가 부모로서 영순에게 많은 도움을 주지 못한 점은 미안하게 생각한다. 그런 미안함 때문에 나는 필리핀 교회에서 백만 원을 헌금하고 왔지만 마음이 편한 것은 아니었다. 우리는 어떻든 믿음을 가지고 사는 사람들이니 서로 믿고 항상 서로를 위해 기도하는 사람들이 되었으면 좋겠다고 생각한다. 어떤 부모라도 자식들이 잘 되기를 기대할 것이며, 자식들을 위해 기도하지 않는 부모는 없을 것이다. 그래도 믿음을 가지고 산다는 사람들이기에 마음은 놓이지만 항상 자식이 어른이 되어도 염려가 되는 것은 어쩔 수 없는 것 같다. 나는 영순과도 그 동안 서로 풀지 못하고 맺힌 데가 있다면 서로 언젠가 만나서 얘기하며 풀고 싶다는 뜻을 전해주고 싶다.

둘째 재근에게

재근이가 세상을 떠난 지도 벌써 두 해 째가 흘렀다. 세월이 정말 빠르다는 것이 실감이 난다. 부모의 가슴을 가장 아프게 하고 떠난 자식이 바로 둘째다. 어떻든 나보다 앞장서서 떠났으니 불효를 했던 자식이 맞다. 가정에 성실하지 못하고 노름으로 많은 재산을 탕진하고 아내와도 이혼을 해서 정말 속을 많이 끓인 자식이다. 몇 억이 넘는 노름빚을 갚은 부모의 심정을 하늘나라

에서도 한번 헤아려주었으면 좋겠다.

결국 몸에 병이 들어 죽음을 앞두고서 초라하던 아들의 모습을 잊을 수가 없다. 나는 가슴이 무너지는 것을 느꼈다. 얼마나 많은 공을 들여서 이렇게 만들어놓은 자식인가. 그런데 자신의 실수로 온전한 가정을 꾸리지 못했으니 마음 한구석이 생각하면 먹먹해진다. 나는 부모로서 미국 의사들의 힘까지 얻어 살려보려고 했으니 최선을 다했다. 죽음을 받

▲ 심재근 결혼식 기념 촬영

아 놓고 남은 날들 동안, 나는 어떻게 하면 아들이 행복한 마지막이 될 수 있을지 많은 고민을 했다. 그래서 애들 엄마 외삼촌을 찾아가서 며느리와 다시 합치게 하자고 하였으며, 마치 그 외삼촌도 찬성을 해주었다. 그래서 온전한 가족들 품에서 재근이는 마지막을 할 수가 있었을 것이다. 하지만 이런 과정에서 다른 자식들이 서운했던 점도 무시할 수 없을 것이다. 이혼을 한 세월이 오래인데 새삼 다시 합친다는 것은 다른 자식들에게 눈에 가시처럼 보였을지도 모른다. 솔직히 지금 내가 살고 있는 집의 처분 문제나 재근이 퇴직금 문제 등도 그 속에는 얽혀 있었을 터이다. 큰딸과 작은 딸의 눈치는 좋지 않았다고 생각한다. 아무려나 자식이 죽은 뒤에 이런 얘기해서 무엇을 하겠는가. 그래도 장례를

광주에서 치르면서 제자들이 너무 많이 찾아와서 재근이 칭찬을 하고 덕담을 들려주었을 때 나는 재근이를 다시 보았다. 어려운 학생들을 몰래 많이 도와주었다는 말을 듣고 내게 속상하게 했던 지난날들의 서운한 흔적이 물밀 듯이 지워져버렸다. 이제 나도 언젠가는 죽을 것이니 재근이를 만날 수 있을 것이라는 생각을 해본다. 죽어서도 자식이 아프지 않고 행복하게 살기를 바라는 마음은 어느 부모나 같을 것이다. 대학원까지 나와서 고등학교 체육교사로 봉직하면서 사회의 교육자로서의 길을 걷는 아들이 자랑스럽게 느껴진 것은 더 없는 기쁨이었음을 밝힌다. 재근이 죽고서도 어찌나 고민을 하고 상심이 컸던지 며느리와 목욕을 가서 몸무게를 재어보니 10킬로가 줄어 있었다. 지금은 많이 안정을 취하고 마음의

▲ 심재근 원광대 졸업식

여유도 생겨서 5킬로가 다시 불어나서 그저 살만은 하다. 일억 팔천이 넘는 빚을 갚아줄 때 어미의 심정을 죽어서라도 꼭 한 번 생각해 보았으면 좋겠다. 사소한 것은 말 할 것도 없고 말이다. 지금 사는 엄마 집을 재근에게 주려고 당연히 마음을 먹었다. 하지만 당시 노름을 하는 버릇이 있어서 그냥 다시 나한테 돌려놓

앗다. 그래도 어떻든 이 집은 재근이 몫이니 그 몫으로 남겨 두어야 할 것이라고 생각한다. 다른 자식들한테도 섭섭지 않게는 하였으니 큰 문제는 아닐 것이다. 나는 처음에 재근이가 사회생활을 시작할 수 있도록 최선을 다해 학교 직장을 만드는데도 모든 노력을 기울였다. 자식의 노름빚을 갚아주는 부모가 흔치 않음을 비록 영혼이나마 이해해 주었으면 좋겠다고 생각한다. 그래도 먼저 떠난 자식이기에 나는 애들한테 해 줄 수 있는 것을 모두 해주고 싶은 마음이다.

셋째 현주에게

현주는 시집가기 전에 해외 선교사로 한번 다녀왔다. 믿음 안에서 믿는 자들끼리 만나 결혼해서 처음 서울에 살았다. 서울에서 애들 둘을 낳고 나중에 카자흐스탄으로 이민을 가서 또 거기서 애들 둘을 낳아서 살고 있다. 두 부부가 모두 하나님 나라의 건설을 위한 사명감을 가지고 세상을 살아가는 것 같아 나의 마음은 솔직히 뿌듯한 심정이다. 아무쪼록 믿음이 더욱 강건해지기를 바라는 마음뿐이다.

현주에게 나는 최선을 다해 주었다. 나름 성심껏 했다고 하지만 자식들 입장에서는 서운한 점도 있을 것이라 믿는다. 그래도 부모와 자식으로서 존경과 믿음은 항상 있을 것이다. 옛날 결혼해서 서울에 집을 얻을 때 일이 생각난다. 현주는 서울에 집을 얻을 때 나한테 한번 도움 요청을 하였는데 내가 많이 도와주지

▲ 심현주의 결혼기념 사진

선다. 현주 역시 주님의 사역을 하는 자이기에 나는 늘 뿌듯하지만 이런 생각을 하면 많은 아쉬움이 남는 것을 어쩔 수가 없다.

세상을 살아보면 사실 아들이나 딸이나 같은 자식일 것이다. 그럼에도 어쩔 수 없이 출가외인에 대한 부모의 마음은 아들자식만은 하지 못한 모양이다. 나한테 자식으로서 서운한 감정이 당연히 있을 줄로 알고 있다. 그래서 이렇게 이 지면을 빌어 미안한 마음을 전하고 내 속 마음을 전하고자 한다. 지금도 이역만리에서 선교를 위해 열심히 살고 있는 딸을 대견하게 생각하고 있다. 하나라도 자식들에게 더 베풀어 주고 싶은 것이 부모의 심정인 법인데 이런 생각을 하면 나도 항상 미안한 마음도 지니고 있다는 점을 이해해 주기를 바란다.

나는 현주 가족들이 멀리 타국에서 몸 건강하고 믿음 생활 잘할 수 있도록 늘 빌어주고 싶다. 기회가 된다면 부모로서 도울 수 있는 기회도 생길 것이다. 부모나 자식이나 세상을 살다보면 도움도 주고 도움도 받고 사는 법이니 당연한 일일 것이다. 그래서 부모와 자식, 형제자매들이 소중한 법이라고 나는 생각한다. 멀리에 나가 있으면 가장 힘든 것이 외로움이며, 고국 생각이라는 말을 들었다. 현주 역시 신앙인이기 이전에 한 나약한 인간이니 마찬가지라고 생각한다. 그래도 이왕 뜻을 가지고 외국에 선교사로 나갔으니 꼭 주님의 일을 성취하고 언젠가 조국의 품으로 돌아오게 되기를 기대한다. 겨울이 오면 겨울이 오는 대로 춥지는 않는지 여름이면 여름이 오는 대로 덥지는 않는지 이런 걱정이 부모의 심정이란 것을 이해해 주었으면 좋겠다.

▲ 심현주 결혼사진 양가 부모와 같이
(오른쪽 첫째는 숙부님)

나는 아무려나 자식들이 내가 떠난 후에라도 우애를 가지고 살기를 바랄 뿐이다. 서로 양보하고 조금씩 헌신하고 살면 그만이겠다. 나는 애들 때문에 행복했음을 이 글을 빌어 고백한다. 다른 부모들처럼 말이다. 나는 현주가 오직 주님, 오직 가정, 이런 믿음을 통해 성숙한 삶을 살기를 진정으로 바란다. 내 인생이 언제 어떻게 마감이 될지 미흡한 인간이 어떻게 알 수야 있겠는가. 그저 오늘도 하루를 성실하게 살며 하나님 섬기며 나도 살아가려고 하는 것이다. 인간이기 때문에 실수도 하고 상대한테 상처도 주고 하는 모양이다. 이렇게 하면서 배우고 반성하고 또한 바른 길을 주님이 인도하는 대로 가는 것이 아니겠는가. 부모라는 것은 자식한테 죽는 순간까지 나누어주고 베풀어주고 희생하며 가는 존재라고 생각한다. 나도 그렇게 인생을 마감할 것이다.

넷째 영진에비

영진이는 어려서부터 소아마비를 앓아 약간 몸이 불편하다. 그래서 나는 항상 그것이 마음에 걸리고는 했다. 어떤 자식보다 영진이가 보란 듯이 세상을 살도록 나는 모든 노력을 기울였다. 네 살 때 생모를 잃고 내 품안에서 자라던 자식이었다. 어떤 자식보다 애틋한 정이 가는 것은 당연한 감정일 것이다. 그래서 나는 아낌없이 영진을 위해 쏟아 부었다는 생각이 든다. 영진은 어떤 자식보다 내 속을 잘 이해할지도 모른다. 언제던가 나한테 책으로 하나 살아온 인생을 써보라는 말을 지나가는 말로 했는데 정말 영진이 말처럼 이렇게 책을 쓰게 되었다. 결론적으로 영진에게 남기고자 하는 말은 부모로서 나는 후회가 없으며 최선을 다해 섭섭하지 않게 해주었다고 생각한다. 나는 최고의 자식으로 여기며 내 방식으로 잘 밑자리를 잡아주려 하였으나 자기 방

식이 있으니 내 방식대로 완전히 되지는 못했다. 나는 영진에게 아파트도 이십 몇 평짜리 오래된 것을 사주었다. 나는 집이 낡은 것 같아서 좋은 집으로 옮겨주려고 하였는데 악착같이 거기서 살겠다고 하여 바로 그 집을 사주었다. 이뿐만 아니라 영진의 빚을 갚아주었고, 나름대로 자식을 위하여 부모로서 최선을 다했다. 흩어진 가족을 악착같이 노력하여 하나로 다시 묶어주었다. 이렇듯 깜냥대로는 남보다 잘 살게 하려고 무던히 애를 썼음을 이 지면을 빌어 밝히고 싶다. 그래서 아들로서는 부모한테 서운한 점이 있는지 몰라도 나는 부모로서 후회가 없다는 점을 다시 밝혀둔다.

▲ 심영진 초등학교 졸업기념 촬영

하루아침에 2천5백만 원의 손해를 입다

나는 영진이만큼은 손에 흙 묻히지 않도록 맹세했다. 어린 시절에 영진은 많은 마음고생을 하였다. 그래서 영진이 생각하면 더욱 애잔한 마음이 앞선다. 어린 시절에 다른 애들처럼 활기차게 움직이지 못하는 것을 보면서 항상 마음에 덩어리가 쌓이는 듯했다. 왼손으로 밥을 먹고 글씨를 쓰고, 이런 어려움을 이겨내며 지금까지 살아온 자식이 때로 대견스럽게 느껴질 때도 있다. 나는 영진이 만큼은 누구 못지않게 자리 잡고 살 수 있도록 항상 마음속에 두었다. 그런 마음으로 나는 북부시장 목이 좋은 데에 땅을 사서 집을 지으려고 했다. 원래는 안집을 지으려고 샀던 것인데 시장이 너무 가까이 있어 시끌벅적한 점이 문제였다. 그래서 안집이 아니라 영진을 위해 집을 지어주겠다는 생각을 했다. 그런데 100평을 사면 세금이 많이 나온다 하여 99평을 사서 영진이 한테 물려주려고 2,500만 원 들여서 설계도 까지 준비했다.

영진이가 결혼하기 직전이었을 것이다. 이렇게 집을 지어서 물려주고 똑똑한 여자 만나서 집세나 받아먹고 살기를 나는 바랐을 것이다. 그런데 당시 영진이 한테 문제가 발생했다. 노름으로 엄청난 빚을 졌던 일이 일어났다. 나는 막내를 애지중지 거두어서 직장에 넣었었다. 직장 검사과에 일을 할 때는 매우 뿌듯했다. 당시 많은 이들한테 아들 자랑을 했다. 좋은 직장에 들어갔다고 말이다. 하지만 제 아버지 습관이 자식들한테 유전이 되었던지 영진이도 노름을 했던 것이다. 내 기억이 맞는다면 당시 회사 사람들 15명한테 빚을 졌다. 다른 사람들은 노름빚은 갚지 않아도 된다고 하였지만 나는 그 사람들도 자식들을 키우며 살 거라 생각하고 그냥 달라는 대로 모두 갚아주었다. 얼마나 정신없이 노름에 빠졌는지 누구한테 얼마를 빌려서 노름을 했는지도 몰랐다. 그래서 할 수 없이 그쪽에서 달라는 대로 모두 갚아줄 수

밖에 없었다. 내가 북부시장에 땅을 사서 2천 5백만 원 들여서 설계를 하고 건물을 지으려고 하였을 때 사람들이 이구동성으로 그랬다. 노름하는 자식한테 집을 지어 물려주면 언제 집을 노름으로 날려 먹을지 모른다는 것이었다. 당시 주위에 그런 사람이 있다는 소문도 돌아서 나는 맞는 말이다 싶어 정말 2천 5백만 원의 손해를 감수하고 집 짓는 것을 그만두었다. 나중의 일을 더 들어 보면 이런 일도 잘 했다는 생각이 든다. 영진에게 부모로서 할 만큼 하였으니 후회는 없다. 나중에 그 북부시장의 땅은 3억 5천만 원에 팔게 되었으며, 북부시장에 집을 짓는 대신에 익산시 남중동에 원래 가지고 있던 땅에 지금의 이 집을 새로 지었던 생각이 난다.

영진이는 필리핀에 들어가서 생활했던 적이 있었다. 아마 결혼을 하고서였을 것이다. 일정한 기간이 지나면 비자를 받아야 해서 한국과 필리핀을 들락날락 했다. 특히 마음이 아픈 것은 영진이가 결혼을 하여 아이를 낳았는데 며느리는 아이만을 낳아놓고 집을 나가버렸다. 당시 나 역시 아픈 가슴을 달래는데 많은 어려움을 겪었다. 그래서 돌도 지나지 않은 아이를 내가 맡아서 키우고 가르쳤다. 초등학교 3학년 되도록 내가 키웠을 것이다. 서현이가 자라서 차츰 클수록 엄마를 데려와야 하겠다는 생각을 하였다. 며느리는 그래도 시어머니하고는 정이 들었던지 어떻든 연락이 서로 닿고 있었다. 서현이는 내가 제 엄마를 데려올 거라고 하자 반대를 했지만 나는 다시 데려와서 원만한 가정이 되도록 해주고 싶었다. 다행히 며느리가 다른 남자를 만나서 살림을 내고 사는 것이 아니었기에 가능했을 것이다. 나는 정말 성남으로 며느리를 찾아가서 데려오는데 성공했다. 서현이 엄마도 생각하면 불쌍한 여자였다. 서현이가 하루가 다르게 커 가는데 제 아빠가 다른 여자를 만나면 반드시 집을 뛰쳐나갈 것만 같았다. 그래서 며느리를 데리고 들어오면서 내 돈을 들여서 세간을 장만해 주고 며느리가 제 돈으로 마련한 것이라고 했었다. 며느리의 체면을 세워주기 위해서였다. 이런 노력 덕에 지금 영진이가 행복하게 사는 모습을 보면 기분이 참 좋다. 가장으로서 성실한 모습을 보여주었으면 좋겠다고 생각한다. 지난날의 삶을 되돌아보면서 후회도 하겠지만 무엇보다 앞으로의 삶이 안정되었으면 하는 마음이다.

조카 재길에게-선산 명의가 재길 앞으로 되어 있어 다행

조카 재길이는 내 시아주버니 심복섭 씨의 장남이다. 일찍부터 서울에서 학교에 다녔으며 명문대를 나왔다. 항상 성품이 온화하고 아버지를 닮아서 훌륭한 인격을 지닌 믿음직한 사람이다. 나는 심 씨 문중에 일찍 시집을 와서 시아버지 제사를 내가 모셨다. 그래서 시아버지 제사 날에는 심복섭 씨와 조카들이 우리 집으로 제사를 지내러 왔다. 시어머니가 돌아가시고 나서도 처음에는 제사를 내가 지내다가 나중에 조카 재길에게 모든 제사를 넘겼다. 재근이가 지내는 것이 맞지만 옛날 법도처럼 서출이란 문제도 있었고, 또한 재근이가 성실한 편도 아니어서 제사를 맡는

데는 무리가 있다고 한편으로는 판단되었다. 그래서 나는 생각 끝에 재길에게 할머니 할아버지 제사를 모셔 가면 안 되겠느냐고 물었고, 재길이는 워낙 성품이 좋은 사람이라 군말 없이 제사를 모셔갔던 것이다. 나는 재길이가 큰 불평 없이 제사를 모셔간 것에 대해서도 정말 고맙다는 말을 이 지면을 빌어 전하고 싶다.

나는 이전에 시아주버니 심복섭 씨한테 선산을 하나 마련하도록 부탁을 드렸다. 마치 당시 생활에 여유가 좀 있어서 이런저런 생각하지 않고 시아주버니너러 선산을 알아보도록 하고 그 모든 경비를 내가 부담했다. 그래서 우리는 임피에 선산을 마련하게 되었던 것이다. 나는 재길이가 할머니 할아버지의 제사를 지내는 것에 대해 항상 미안하기도 하고 고맙기도 하여 언젠가 꼭 인사치레를 할 생각을 하고 있었다. 그러던 차에 그 선산 명의가 바로 재길이 앞으로 되어 있다는 말을 듣고 매우 흡족했다. 당시에는 그런 이름을 누구한테 하는 등의 셈은 하지 않고 그저 우리 선산을 마련하는 일이 중요하다 여겨서 했던 것인데 재길이 조카 앞으로 명의가 되어 있다하니 퍽이 안심이 되었다. 재근이는 아마 서출이란 생각에서 선산의 명의를 그렇게 하지 않았는지 모르겠지만 참 잘 했다는 생각이 든다. 내가 재길에게 고맙고 미안한 마음을 바로 이것으로 모든 갈음을 할 수는 없지만 어느 정도 마음이 편해진 것은 사실이다. 나는 임피의 선산을 통해서 우리 가족이 더 화합하고 같은 동질감을 느낄 수 있는 계기가 되었으면 하고 바란다. 다시 한 번 이 지면을 빌어 조카 재길에게 고맙다는 말을 전하고 싶고, 생각해 보면 아무런 이득이 되는 일도 아니지만 재길이 명의로 선산이 되어 있다니 정말 잘 되었다는 생각이 들어서 이렇게 기록으로나마 고마운 마음을 전하는 것이다.

조카 재관에게
빌려준 돈을 재근이 일로 급히 돈을 마련해 일을 해결해 줌에 감사

재관이는 심복섭 씨 셋째 아들이다. 위에 언급한 재길이 막내동생이 바로 재관이다. 재관에게도 나는 항상 마음속에 감사의 마음을 지니고 있다. 재관이는 당시 내가 알기로 전자회사인가 하는 회사를 경영하고 있었는데 사업이 어려워져서 내게 도움을 요청한 적이 있었다. 그래서 당시 아마 오천만 원인지 칠천만 원인지 상당한 액수의 돈을 나는 곗돈에서 빚을 내어서 빌려주었다. 내가 지닌 돈이 아니라 곗돈에서 만들어 주었기 때문에 꼬박꼬박 이자를 내야 했다. 그런데 재관이는 단 한 차례도 거르지 않고 이자를 보내왔다. 나는 재관에게 이자를 받는 것이 몹시 부담스럽고 마음에 걸렸다. 이자 정도는 내가 부담해도 되는데 하고 생각했기 때문이다.

그런데 재근이한테 급한 일이 터져서 돈이 필요한 상황이었다. 나는 급히 돈을 마련할 방법이 여의치 않아서 그저 지나가는 소리로 재관에게 빌려준 돈을 달라고 하였다. 재근이가 일을 저질러서 빨리 해결을 해야 한다는 말을 덧붙였다. 그런데 내 말을 듣고 재관이는 당시 저도 어려웠을 터인데 어디서 돈을 만들어

와서 재근이 일을 말끔하게 해결해주었다. 당시 재근이 일을 해결하는데 일억이 넘는 돈이 들었던 듯하다. 재근이 아파서 병원에 있을 때도 들렀다가 와서 소상히 얘기해 주는 그 따뜻한 마음을 정말 고맙게 받아들이고 있다. 나는 이런 과정을 통해서 재관이 조카의 따뜻한 마음을 보고 참 기특해 보였다. 그래서 어떻게든 고마운 표시를 하려고 마음을 먹고 있었던 것이다. 저도 애들 결혼식 등도 있으니 내 나름대로 이때 인사치레를 소소하게 하여야겠다는 생각을 하고 있던 중에 이렇게 책을 펴내게 되어 여기 당시의 일들을 소상히 기록해 두는 섯이다. 이 지면을 빌어 다시 한 번 재관에게 감사하다는 마음을 진정으로 전해주고 싶으며, 언제든 조카 재관이가 힘이 들 때 한번 도움을 주고 싶다는 뜻을 전하고자 하는 것이다.

조카 재일에게

오래 전에 빌려준 1,500만 원 때문에 서운한 감정

조카 재일은 나로 말해 셋째 시아주버니 즉 셋째 시동생 심진섭 씨의 장남이다. 재일이도 성품이 바르고 매우 착한 조카이다. 그런데 나와는 일찍부터 연락이 되지 않아 매우 서운한 마음이 앞선다. 아주 오래 전의 일, 아마 30여 년도 족히 되었을 것이다. 조카 재일이가 형편이 어려웠던지 나를 찾아와서 돈 1,500만 원을 빌려달라고 하여 나는 군말 없이 1,500만원을 빌려주었다. 당시 돈이 급하다 하여서 나도 남에게 빚을 내서 그 돈을 마련해주었던 것이다. 내가 돈을 빌려왔으니 이자를 내가 내는 것은 당연한 일이다. 그래서 나는 이자를 한동안 내다가 도저히 이자 때문에 안 되겠기에 내가 빌린 돈을 모두 갚아버렸다.

하지만 돈을 빌려간 이후 재일이는 연락을 하지 않았다. 형편이 어려워서 돈을 갚을 수 없는 처지이기 때문일 것이다. 김제에 사는 여동생한테 물으니 여전히 형편이 어렵다는 말도 들었다. 하지만 나는 도리라는 것이 이런 모습은 아니라고 생각한다. 비록 돈을 갚을 수 없는 상황이라 하더라도 내게 연락을 하고 상황을 설명해 주어야 옳다고 생각한다. 못 갚게 생겼으면 못 갚게 생겼다고 말을 하면 되지 않을까. 그런데 여태 그 일로 연락을 끊고 전화도 하지 않은 것은 무엇인가 방법이 잘 못 되었다는 생각에서 나는 여기에 서운한 마음을 기록하는 것이다.

나는 재일이가 설령 돈을 준다면 받아서 다시 되돌려 줄 수 있는 용의가 있다. 조카가 힘이 든다는데 그 정도는 베풀어 줄 수 있지 않을까. 재일이 여동생한테 이런 내 의도를 내비치기까지 하였는데 여전히 아무런 연락이 없는 것을 보니 정말 서운한 마음 이루 말 할 수가 없다. 성품이 착하고 바른 재일이가 돈의 문제로 연락도 않고 왕래도 하지 않음은 아무리 생각해도 서운한 마음이 아닐 수가 없다. 혹시 이 글을 보게 된다면 날을 잡아 찾아와서 자초지종 얘기를 듣고 싶다. 힘들다고 하면 내가 오히려 더 도움을 줄 수 있지 않겠는가. 그래서 나는 아무런 부담 없이 다시 재일이 얼굴이나 한 번 보았으면 하는 마음이다. 성의의 문제이지 남들처럼 갚을 돈을 반드시 배상을 하라는 뜻은 아니니 곡해 없이 이 글도 받아들여주기를 간절히 바랄 뿐이다. 어떻든

나는 조카들이 건강한 생활을 하였으면 좋겠다는 생각이다. 아무리 얽힌 문제라도 만나서 얼굴을 맞대고 얘기하면 모두 해결할 수 있는 것이 사람들의 일이라고 나는 생각한다. 그러니 언제라도 재일이가 찾아와서 옛 일도 얘기하고 장차 즐겁고 보람 있는 날들이 되었으면 좋겠다고 생각한다. 🔥

죽어라 일을 해서 잡념을 없애다

인생이란 참으로 천자만홍이로구나. 단풍도 단풍 나름이요 수없는 단풍이 있듯이 인생이란 것도 여러 가지의 무늬가 있으며, 다양한 색깔이 있다는 것을 깨닫기 시작했다. 하루하루 일은 힘들어도 매우 흡족한 날들이 열리고 있었다.

장군은 하나인데 풍각쟁이는 열 둘이었다. 남편 심봉섭 씨는 허우대는 멀쩡하고 잘났지만 아내를 무시하고 질리게 만들었다. 장군을 만나려나보다 했더니 막상 혼인을 하여 살림을 내고 보니 장군은커녕 장돌뱅이나 매한가지였다. 품위 있는 생김새는 달아났고 속물근성이 하루가 멀다 하고 드러났던 것이다. 신혼이 채 무르익기도 전에 외간여자와 편지를 주고받아 결국 금슬에 금이 가기 시작했고, 결국 부부로서의 사이가 크게 벌어져버렸다. 어정뜨기는 칠팔월 개구리라더니 마땅히 남편으로서 할 일은 외면하고 덤벙대기만 하였다. 발을 동동 구르며 일을 해야 먹고 살기

급한 팔월에도 그이는 무엇을 하고 다니는지 한량처럼 돌아다녔다. 우리 집 여자들은 시어머니를 비롯해 날마다 열심히 땀을 흘리며 일했다. 나는 시집과 친정을 오가며 속상한 마음을 달랬다.

남편의 외도가 시작하고 부부 사이에 금이 가면서 나는 열정적으로 일에 매달렸다. 나는 일을 위해서 오직 태어난 여자처럼 생각 되었다. 일을 하는 순간에는 남편에 대한 나쁜 기억을 모두 잊어버릴 수가 있었다. 일부러 생각을 하지 않으려고 일에 빠져 지냈던 것인지도 모른다. 나는 바쁜 일상이 속상한 마음을 다잡기에 참 좋다는 것을 당시에 깨닫게 되었다. 일에 모든 열정을 쏟아 부은 것은 바로 여자의 다친 마음에서 비롯되었다. 내가 아무리 마음을 굳게 다져먹어도 여자로서의 자존심까지 멀쩡한 것은 아니었다. 생각하면 속에서 울화증이 올라왔던 것이다. 울컥울컥 목이 메고 눈물이 흘렀다. 일을 하다가도 어떤 생각에 빠져 손을 바늘에 찔린 적도 있었다. 그럴수록 나는 호되게 마음을 다잡아먹었다. 서당 훈장이신 외할머니가 살아계셨다면 이런 말을 하셨을 것이다. 나는 어려서 이런 말을 들었던 것도 같다.

"여자로 태어난 이상 덕을 빼고 말을 할 수야 없느니라. 여자는 태어나는 바로 그 순간에 말이다. 그 순간에 칭찬받을만한 네 가지 덕이 있느니라."

그러고서 덕성이 있어야 하고, 용의가 발라야 하고, 말씨가 고와야 하고, 솜씨가 남달라야 함을 강조했던 듯하다. 이런 외할머니의 가르침을 어머니로부터 들었던 기억도 있다. 본래 태어날 때

부터 있던 이 네 가지 덕성이 없다면 살아오면서 이미 그 덕성을 잃어버렸다고 말씀 하셨던 기억이 떠오르는 듯하다. 나는 이런 외할머니의 가르침 때문에 결국 남편에 대한 증오도 화풀이도 하지 못했던 것 같다. 마음을 다잡으려고 스스로 힘껏 노력을 했을 뿐이다. 어떻게 생각하면 그렇게 스스로 억제하는 것이 오늘날 같으면 스트레스를 더욱 부추겼을 수도 있다. 아무튼 당시에는 참는 것이 미덕임을 인식하고 그러려고 노력했다. 나는 혼인을 하여 살면서 지난 교훈을 더듬으며 말씨와 솜씨에 대해서는 쉽게 이해할 수가 있었다. 용의가 발라야 한다는 것에 대해서도 무슨 의미인지 이해하는데 그다지 어렵지 않았다. 하지만 덕성에 대해서는 얼른 이해되지 않았다. 내가 이해하지 못하는 눈치를 보이면 외할머니나 어머니는 내게 이런 설명을 덧붙이셨을 것이다.

"덕성은 어질고 너그러운 품성을 말하는 것이야. 어질다는 것은 무엇이냐 하면 인정을 베풀어야 하는 것을 말한다. 너그럽다는 것은 남에게 불쌍한 마음을 느껴야 한다는 뜻이 담겨 있는 거란다."

나는 어른들의 이런 말씀을 어려서부터 주의 깊게 가슴에 새겨들었다. 처음에는 이런 말의 의미를 이해하고 행동에 어떻게 받아들여야 할지 조리가 서지 않았지만 열심히 내 자신을 다독이며 살아가면서 어느덧 절로 몸속에 배이게 되었다. 혼인하여 살면서는 남편의 외도를 자연스럽게 받아들이는 입장이 되었다. 이 또한 내가 여자로서 살아가는데 하나의 방편이라는 생각이 들었다. 이런 운명이면 과감히 운명을 받아들여야 한다고 생각했다.

어르신들은 내가 아내로서 최선을 다해야 한다는 것을 누누이 주지시켰을 것이다. 실제로 아버지는 내게 자상한 목소리로 나중에 이런 말씀을 해주셨다. 아내로서의 본분을 잃지 말거라. 아버지는 비록 내게 엄한 분이셨지만 딸에 대한 보이지 않은 사랑을 주신 분이라는 것을 그때 깨달았다. 나는 말씨를 부드럽게 하고 솜

▲ 심영진 가족사진

씨를 더욱 가다듬으려고 애를 썼다. 바느질이며 뜨개질은 내가 타고난 훌륭한 솜씨로서 당시 나를 크게 위로하는 도구와 같았다. 반드시 가정을 지켜라. 아버지의 말씀은 항상 내 귓전에 못이 되어 박혔다. 나 역시 꼭 가정을 지키리라 굳게 다짐을 했다. 다른 여자를 데려와도 눈 하나 꿈쩍 하지 않았다. 나는 남편이나 여자나 미워할 겨를이 없었다. 열심히 일을 하며 하루를 보냈다. 이것만이 내가 살길이란 것을 당시에는 철칙처럼 여기며 살았다. 남편은 내 속을 날마다 뒤집으며 살지만 나는 남편한테 눈곱만큼 잘못한 것이 없었다. 정말 그때는 내가 털 끝 만큼의 잘못도 없다고 생각했다. 훗날에 나는 비로소 이런 당시의 생각이 잘못 되었음을 알게 되었다. 그것도 텔레비전을 통해서 말이다. 어느 연속극에서 꼭 우리 부부와 같은 상황이 연출되고 있었는데 거기에

서 보니 남편이 다른 여자를 데려온 연유가 자기 아내의 질투를 유발하기 위함이었던 것이다. 아, 바로 저거로구나. 나는 그때서야 나의 태도에도 문제가 있었음을 깨닫게 되었다. 남편 역시 텔레비전 연속극처럼 아내가 질투를 하지 않으니까 자꾸 다른 여자를 데려왔던 것이었다. 자신의 행동을 이렇게 완전히 무시해버리는 아내가 미워서 너무 속상한 나머지 자꾸 다른 여자를 집안으로 끌어들인 셈이었다.

친정아버지 역시 매우 보수적이신 분이었다. 남편의 외도를 나중에 알게 되었지만 딸자식이 그런 일로 인해 시댁에 우환을 끼친다는 것을 용납하지 못했다. 그래서 한사코 꾹 참고 살라는 말씀이 대부분이었으며, 나는 이런 아버지의 가르침을 몸소 실천했다. 머릿속이 복잡할 때는 오직 일만을 했다. 일체 다른 잡념을 없애고 오직 일을 하는데 모든 집중을 기울였다. 대야에서 익산으로 이사를 와서 나는 본격적으로 돈을 벌기 시작했다. 내게 돈이란 새로운 하나의 꿈으로 자리매김 되었다. 이제 오직 돈을 벌기 위해서 밤잠을 설쳐가며 일을 했다. 낮과 밤이 거의 구별되지 않을 정도로 일을 했다. 해방이 되고 얼마 되지 않아 친정아버지가 돌아가셨다. 당시 호열자 즉 콜레라가 번져서 상당히 젊은 나이에 돌아가신 거였다. 아버지가 돌아가신 더 나중에 어머니마저 돌아가셨지만 나는 오직 그런 슬픔도 뒤로 하고 일에 미쳐 있었다. 어떻게 해서든지 돈을 벌자. 돈을 벌어야 내 꿈을 펼칠 수가 있다. 나는 당시에도 어디에서 나의 이런 신념과 인내가 나오는 것인지 알 수가 없었다. 옛말 가운데 아비만한 자식이 없다고 했다. 내가 아무리 아버지를 사랑하고 어머니를 사랑한다 해도 그들이 자식을 사랑한 만큼 어림도 없었다. 당시에는 그런 깊이의 사랑을 느끼지 못했다. 이도 역시 나중에 느끼게 된 느낌들이다. 아버지의 말씀을 거울삼아 내 속을 죽이고 오직 일에 매진했다. 대야에서 틈틈이 일을 하는 것과 본격적으로 익산 대처에서 일을 하는 것은 차원이 달랐다.

내 손에 돈이 쥐어지기 시작했다. 돈이 모이는 맛에 일을 하는 것을 당시 알았다. 내 손에 돈이 들어오면 더는 밖으로 새어나가지 않았다. 그래서 개처럼 벌어서 정승처럼 쓰라는 말이 나왔던지도 모르는 일이다. 움켜쥐어야 돈이 모인다. 이것은 내가 당시 깨달은 가장 소중한 진리이며 철칙이었을 것이다. 먹고 사는 일은 문제도 아니었다. 돈이 벌리기 시작하면서 없던 꿈이 새롭게 영글기 시작했다. 아무래도 내가 공부에 대한 미련을 떨쳐버리지 못했기 때문에 이런 꿈도 영글었을 것이라고 생각했다. 내가 상급학교 진학을 못했던 것을 전혀 원망할 필요가 없다고 생각했다. 내게 이런 꿈을 영글게 하도록 운명적으로 상급학교 진학이 좌절된 것인지도 모른다는 생뚱맞은 생각마저 들었다. 지금 생각하면 상당히 큰 액수의 돈이 벌리기 시작했다. 액수가 늘어갈수록 나는 마음속에 품은 꿈을 구체화 하려고 노력했다. 나처럼 어려운 환경 때문에 학업을 포기한 학생들을 위해 내가 무엇을 할수 있을까? 이렇게 스스로에게 묻고 또 물었다. 그래서 마음속에 품은 당찬 생각이 중학교를 설립하는 일이었다. 아아, 정말 이런 삶이 기다리고 있구나. 나는 나의 생애에 이런 당찬 꿈이 펼쳐지

리라는 생각은 꿈에도 해보지 못했던 일이다.

잡념을 없애려고 오직 일에 매진했는데 일을 열심히 하다 보니 돈이 벌리기 시작했다. 정말 지금으로 말하면 상당한 액수의 큰돈이었다. 나는 사업에 조금 자신이 생기는 것을 느꼈다. 이제 이렇게 돈을 벌면 내가 무엇을 하든 의미 있는 일을 할 수 있으리란 자신감도 생겼다. 그리고 어느 순간에 그 목표는 뚜렷이 정해졌다. 아이들을 위해 중학교를 설립하는 일을 자꾸만 떠올리게 되었다. 그럴 징도로 돈을 버는데 혈안이 되었으며, 또한 그렇게 돈이 모아지는 것이었다. 정말 돈을 벌기 시작하면서 새로운 인생이 펼쳐지는 모양이었다. 나의 목표는 중학교 이사장이 되는 것, 어느새 이렇게 뚜렷한 목표가 정해졌고, 나는 그 목표를 이루기 위해 열심히 돈을 벌기 시작했다.

나는 정말 돈 복을 타고 태어난 여자 같았다. 그러나 중요한 것은 내가 아무리 돈 복을 가지고 태어났다 하더라도 열심히 일을 하지 않고서는 그 복을 받을 수가 없다는 것을 깨달았다. 내가 허리가 끊어지도록 열심히 일을 하면 더 많은 돈을 벌 수 있었고, 조금 게으름을 피우면 더 적은 돈을 벌 수 있었다. 나는 돈이란 땀의 소득임을 당시 뼈저리게 느끼게 되었다. 그리고 열심히 일을 하는 사람에게 큰돈이 벌리게 되는 행운도 따른다는 것을 깨달았다. 불철주야 한눈팔지 않고 일을 하자 또 새로운 세계가 앞에 펼쳐지는 것이었다. 사업이란 것이 어떻게 확장되고 어떻게 몰락하는 것을 나는 당시 뼈저리게 느꼈다. 그리고 정말 재물 복도 열심히 일을 하는 사람한테 찾아오고 돈벼락도 열심히 일을 하는 사람만이 진정으로 만나게 된다는 것을 깨달았다.

이제 정말 잡념을 떠올릴 겨를이 없었다. 사업이 번성하기 시작했고, 일감이 밀려들었다. 대야에서 거듬거듬 하는 그런 일이 아니라 본격적인 일이었다. 내 이름을 내걸고 하는 사업이 시작되었다. 잡념을 없앤다는 생각은 자연스럽게 꼬리를 감춰버렸다. 어떻게 사업을 구체적으로 확장하고 탄탄하게 자리를 잡느냐는 것을 염려했다. 인생을 사는데 분명한 목표의식이 중요하다는 것을 나는 그때 크게 깨달았다. 무조건 일이 좋아서 했던 일이 아니라 인생의 목표를 이루기 위해 일을 하는 자체는 매우 달랐다. 매사에 정밀하고 섬세함이 요구 되었다. 그리고 체계적인 계획과 그 계획을 이루기 위한 처방, 그 처방을 통해서 이룩한 효과 등이 무엇인지 매우 과학적이며 경제적으로 접근하지 않으면 안 되었다. 남이 들여다 볼 때는 작은 회사라 할지라도 이런 체계적인 제도가 말끔히 자리를 잡게 되니 매우 효율적이었다. 인생의 앞날을 적어도 몇 년 정도는 내다볼 수 있을 정도로 자리를 잡았다. 터를 잡고 터를 내리는 데는 신뢰가 가장 중요하다는 것을 또한 터득했다. 그러기 위해서 나를 위한 최면이 필요했다. 너는 무엇이든 할 수가 있다.

나는 이런 최면을 스스로에게 부여했다. 그래서 계획을 세우고 그 계획을 어느 정도 이루었는지 점검하는 일을 통해 만족감과 성취감을 얻었다. 한 사람의 인생에서 남녀의 관계나 부부의 관계는 분명 중요한 일일 것이다. 그러나 이보다 훨씬 가치가 높

은 계획을 세워서 일을 할수록 그런 일들 위에 반드시 이루어야 하는 매우 가치가 높은 것이 존재하고 있음 역시 깨달을 수가 있었다. 인생이란 참으로 천자만홍이로구나. 단풍도 단풍 나름이요 수없는 단풍이 있듯이 인생이란 것도 여러 가지의 무늬가 있으며, 다양한 색깔이 있다는 것을 깨닫기 시작했다. 하루하루 일은 힘들어도 매우 흡족한 날들이 열리고 있었다.

'호남털실'은 내 가슴속에 아직도 찬란히 빛나는 이름이다

애당초 나는 돈에 대한 욕심보다 일에 대한 욕심이 많았고, 일에 대한 욕심은 완전히 내 희망의 뿌리로부터 발생되었다. 나는 대단한 목표를 세우기 시작했다. 돈을 벌기 시작하면서 내게 새롭게 자리 잡은 목표는 내가 학교를 설립하여 재단 이사장이 되는 것이었다.

익산 인화동 시장을 어찌 잊을 수가 있으랴. 나에 꿈의 전당이 바로 인화동 시장에서 시작되었기 때문이다. 남편의 어긋난 생활에 진저리가 나서 그 고통을 잊어보려고 일에 파묻힌 시간이 무량수이건만 마음 한구석이 허전했다. 그런데 고통을 잊어버리려고 시작했던 일이 내게 차츰 희망을 주기 시작했다. 당시 쌀 60가마를 빚내서 인화동 시장에 '호남털실'이란 상호를 내걸고 본격적으로 사업을 시작했다. 일종의 포목점이요 양장점 등의 성격을 지닌 가게로서 내 솜씨를 맘껏 발휘할 수 있는 공간이 마련되었던 것이다. 여기에서는 물물교환이 아니라 마치 하나의 완전한 기업처럼 생산자와 수요자 사이에 거래가 성사되었다. 버섯이 간판을 내걸고 하는 사업이라 고객들의 만족도도 달랐고, 제대로 공간을 갖추고 하니 생산된 상품 역시 제대로 된 상품이 양산되었다.

만경에 사시는 우리 신 씨 집안의 부자가 바로 큰아버지셨다. 큰아버지는 만경에서 도지를 많이 받은 분으로 유명했던 것 같다. 그래서 사촌 신 씨들이 많이 사는데 사촌 오빠는 나의 처지를 안타깝게 여겨 내게 아무런 조건 없이 쌀 60가마를 덜컥 빌려주었던 것이다. 나는 이후에도 줄곧 사촌 오빠로부터 쌀을 가져왔다. 쌀을 가져와서 투가리를 만들어서 저장한 다음에 햅쌀이 날락 말락 할 때 팔면 값을 두 배로 받을 수가 있었다. 이런 수단 역시 내가 장사를 통해 이문을 낼 수 있는 문리를 터득한 때문이었다. 나는 아무리 큰아버지고 사촌들이지만 제대로 셈평을 따져드렸다. 사촌 오빠는 한사코 덜 받으려고 했고, 나는 한사코 더 값을 쳐드리려고 했다. 우리는 서로 이것저것 이문을 따지지 않았다. 어떻게 하면 사촌오빠는 나를 도와줄지 생각하는 모양이었다. 이제 그 오라버니도 정년퇴직 하고 이미 돌아가셨지만 참 이 지면을 빌어 고마운 마음을 표시하고 싶다. 당시 그런 아름다운 마음을 우리들이 지니고 살았기에 그들도 당시 많은 재산이 여전히 유지되는 것 같고 나 역시 여전히 유지되고 있는 것 같다.

우리 가게에는 손님들이 들끓었다. 오월 단오에 입을 옷을 위해 포목점에 들러 한복감을 떠가는 사람들도 많았으며, 직접 와

서 몸매 치수를 재고 재단을 의뢰하는 고객들도 넘쳐났다. 바느질 솜씨가 좋다는 소문이 돌았던지 익산에서 자식들 혼인시킬 집안들은 거의 우리 가게를 찾아오는 경우가 대부분이었다. 포목점에서 비단을 끊어서 가고 명절 때도 한복을 입으려고 한복감을 끊어가는 사람들도 많았다. 한복의 수선을 의뢰하는 고객들도 많았다. 우리 '호남털실'에는 다양한 천들, 고급 천에서 평범한 천에 이르도록 모든 제품을 두루 갖출 정도로 규모가 커졌다. 부피가 커진 것이 아니라 일의 양에 있어서 규모가 엄청나게 커졌던 것이다. 오죽하면 자식 결혼 시킬 부모들 입에서 튀어나온 말 중에 '호남털실 가서 비단 끊어야겠다.'라고 했을 정도였다. 또한 당시만 하더라도 우리 한복의 인기가 매우 높았다. 명절이면 모두 한복을 입고 움직였다. 옷감을 몇 필씩 끊어가는 손님들도 늘어났다. 내 사업은 정말 기세가 좋을 정도로 술술 풀렸고 제법 이문이 넘쳐났다. 돈이 쉴 새 없이 전대에 쌓였다. 나는 돈 꾸러미를 들고 은행으로 달려갔다. 들어오는 돈은 철저히 저금을 했다. 눈코 뜰 새 없이 벌어서 정승처럼 아주 가치 있게 쓰리라 돈을 저축하며 생각했다.

우리 가게는 양장점 일도 하고 있었다. 고유의 한복을 뛰어넘어 서양풍의 멋진 의복도 만들어서 팔았다. 그리고 몸매 치수를 재서 양장 옷을 지어주었다. 허리가 굵은 사람도 우리 집에 들어오면 날씬한 옷매무새를 자랑할 수가 있었다. 나한테 양재를 배우고자 하는 사람들도 많았지만 나는 오직 가르치는 일보다 나의 일에만 집중했다. 우리 '호남털실'은 일류 양장점 역할도 하고 있었다. 품질도 최고였다. 이를테면 경남모직도 좋지만 우리는 더 좋은 제일모직을 옷감으로 사용했다. 이런 내막을 알기 때문에 고객들이 항상 넘쳐났다. 내 마음속에 조촐한 한복집을 내거나 소박한 양장점을 내려는 지난날의 꿈이 이루어지고 있었던 것이다. 이런 꿈속에서 나는 돈을 벌 수 있게 되었으며, 그래서 내 가슴속에는 찬란한 꿈들이 피어나고 있었다. 돈을 벌게 되면서 꿈을 현실 속에서 지닐 수가 있었다. 나는 당시에는 오직 내 앞길을 어떻게 개척하며 살아갈지 염려했다. 돈을 벌게 되면서 좀 더 가치 있는 내일이 되었으면 좋겠다는 바람이 커졌다. 솔직히 그때는 남을 위해 봉사 같은 것을 어떻게 해야 한다는 마음의 여유는 생기지 않았다. 열심히 털실로 작업을 했고, 포목을 꾸리고 양장을 통해서 나름대로 사업을 다져나가게 되었다.

▲ 심현주의 가족사진

나는 이제 남에게 자금을 빌리는 일이 없을 정도로 바탕이 다져졌다. 여기에 구체적으로 액수를 밝히기는 어렵지만 상당한 자금이 모아졌다. 그래서 가장 먼저 눈을 돌린 것은 교육에 관한 것이었다. 내가 돈을 벌게 되면 언젠가 교육 부문에 보탬이 되는 일을 하리라는 나름의 계

획을 은근히 가슴속에 품고 있었던 모양이다. 돈이 차츰 쌓이게 되면서 이런 일련의 계획이 구체화 되어 나가는 듯했다. 돈이 돈을 번다는 말도 당시에는 딱 들어맞는 것 같았다. 돈을 버니 나도 모르게 돈을 투자할 데가 생겼다. 나는 운 좋게도 자연스럽게 돈을 투자하게 되었는데 이 투자 역시 내게 큰 행운을 가져다주었다. 애당초 나는 돈에 대한 욕심보다 일에 대한 욕심이 많았고, 일에 대한 욕심은 완전히 내 희망의 뿌리로부터 발생되었다. 나는 대단한 목표를 세우기 시작했다. 돈을 벌기 시작하면서 내게 새롭게 자리 잡은 목표는 내가 학교를 설립하여 재단 이사장이 되는 것이었다. 상급학교 진학에 대한 미련은 내게 이런 웅장한 꿈을 가지도록 만들었던 셈이다. 이렇게 커다란 포부를 가지게 된 물리적 배경은 내가 투자한 곳이 내게 엄청난 이득을 가져다주었기 때문이다.

우리집안 아저씨뻘 되는 분이 당시 부동산을 하고 계셨다. 그런데 자꾸 나한테 들러서 바람을 넣기 시작했다. 어디 어느 지역에 땅을 무조건 묻지 말고 사라고 했다. 당시에는 개발의 붐이 시작되기 이전이어서 나는 별로 큰 관심을 갖지 않았고, 크게 기대 같은 것도 하지 않았다. 그저 집안 어른이 나에게 도움을 주려고 애를 쓰는 모습이 고마워서 그의 권유를 뿌리칠 수가 없었던 것이다. 그분은 내게 복비라도 받아보려고 열심히 설득하였던지 모른다. 하지만 나는 그를 신뢰하였기 때문에 이것저것 캐묻지 않고 확인 같은 것도 하지 않았다. 그분의 말씀을 액면 그대로 나는 믿었다. 그런데 이렇게 따지지 않고 그저 집안 아저씨한테 뭐라도 도움을 주려고 사두었던 땅들이 대박을 치게 되었던 것이다. 그 아저씨 말이 떨어지기 무섭게 나는 바로 땅을 샀다. 그는 매우 믿을만한 사람이라 생각했다. 나한테 적어도 어떤 피해를 주지 않았고 실제로 그의 말을 듣고 사두었던 땅이 몇 배로 뛰는 것을 보고 그저 놀랄 뿐이었다. 나중에 알고 보니 바로 이런 것을 두고 제대로 투자를 했다는 말들을 했다. 내가 아저씨의 말을 듣고 이것저것 따지지 않고 사둔 모든 땅들이 큰 이득이 되었다. 당시 내가 생각하기에는 천문학적인 돈이었던 것이다. 그래서 내가 교육 사업에 투자하리라는 희망이 손에 잡히는 듯했다.

내 목표는 학교 재단 이사장이었다. 학교를 설립하는 일은 결코 쉬운 일이 아니었다. 그렇지만 나는 가슴을 설레면서 이 꿈을 마음속에 크게 키워나갔고, 어떻게 하면 구체화 시킬 수 있을지 생각하기에 이르렀다. 어느 정도 자금도 모아지고 마음의 여유도 생기게 되어 봉사라는 것도 시작하게 되었다. 지금까지는 오직 나의 일신을 위한 삶이었다면 이후부터 남을 배려하는 삶을 살고자 하였다. 교육에 헌신하는 일은 철저히 나를 낮추고 나를 희생하는 과정이다. 교육은 결코 사업이 아니라 나의 모든 재산과 물질을 교육환경을 위해 받치는 일이다. 나는 이런 이치를 당시 결코 모르지 않았다. 내가 당시 돈을 버는 것의 가장 중심에는 이런 교육 분야에서 펼쳐나가는 꿈이 들어 있었다. 내가 배우지 못한 한을 학교를 설립하여 많은 어렵고 가난한 아이들에게 좋은 교육환경을 제공하는 것으로 풀리라고 생각했다. 나는 구체적으로 계획을 세우고 학교 부지를 어디로 선정하여야 할지 혼자

서 깊은 고민을 했다. 길거리에 가방을 메고 지나가는 어린 학생들이 마치 내 자식들처럼 사랑스럽게 여겨지는 것이었다. 아이들 허리춤에 매달린 책가방을 보면 공연히 마음이 설렌다. 정말 당시에는 그렇게 마음이 설레서 밤잠을 설치는 날도 여러 날이었다. 학교의 설립에 대한 공부를 나름대로 하기 시작했으며, 익산지역의 학교상황 등을 살피기도 하였다. 나는 정말 한 사람의 교육자가 되어 당시 척박한 황무지에 쾌적한 교육환경을 만들어주려고 독하게 마음을 먹었다. 내가 소유한 자금력과 학교를 설립하는데 필요한 자금력의 대차대조표노 만들고, 익산지역의 교육풍토며 교육여건 등이 어떤 것인지 제반사항을 나름대로 관심을 가지고 알아보고 있었다. 이제 내가 스타트해서 손을 뻗치면 내가 계획한 일들이 금세 손에 잡힐 것만 같았다. 그러나 세상은 정말 나의 마음대로 계획대로 순조롭게 열려주지 않은 모양이었다. 🔥

학교재단 이사장의 꿈이 물거품이 되다

당시 느낀 점은 돈은 욕심을 부린 자한테 달라붙지 않고 마음을 비운 자한테 달라붙는다는 사실이었다. 우리 주위에 아무리 돈을 벌려고 애지중지 하더라도 결국 가난을 면치 못하는 사람들을 나는 여럿 보았다.

나는 상당한 자금을 축적했다. 나의 희망은 이제 오직 돈이었다. 돈 그 자체가 희망이 아니라 돈으로 학교를 설립할 수 있다는 믿음이 있었기 때문이다. 내가 공부를 하지 않은 지역사회에 공부할 수 있는 환경을 제공하는 일은 정말 의미 있고 보람찬 일이라는 생각이 들었다. 목표가 거기에 도달하면서 나는 자신뿐만 아니라 이웃과 사회에 대해 많은 생각을 했다. 나 혼자 잘 먹고 잘 사는 것은 내게 그렇게 중요한 문제가 아니었다. 우리 이웃들과 우리 사회가 건강하고 행복하게 잘 사는 삶이 무엇보다 중요하다는 생각이 들었다. 나는 착실히 돈을 벌어서 차곡차곡 저축을 해두었다. 상당한 액수의 자금이 저축되어 있었으며, 내가 투자한 여러 지역의 땅들이 내게 효자노릇을 해주었다. 나는 일부러 돈을 벌려고 투기를 벌인 것도 아닌데 아주 자연스럽게 이런 행운을 누리게 되었다. 그래서 당시 느낀 점은 돈은 욕심을 부린 자한테 달라붙지 않고 마음을 비운 자한테 달라붙는다는 사실이었다. 우리 주위에 아무리 돈을 벌려고 애지중지 하더라도 결국 가난을 면치 못하는 사람들을 나는 여럿 보았다. 사는 문제가 해결되고 여유자금이 생기는데 집안 친척 아저씨가 자꾸 좋은 상품 있다고 들어와서 바람을 넣었는데 나는 그 친척한테 도움이 되라며 마지못해 투자를 했던 것이다. 크게 돈을 벌어야하겠다는 마음이 없었는데 돈을 벌게 되었고, 또한 이제 학교를 설립해서 이사장이 되어야겠다는 커다란 희망을 품게 되자 의도적으로 투자를 했다. 그래서 또한 생각 이상으로 크게 재미를 보았던 것 같다.

나는 익산에서 내 첫 번째 꿈을 펼치려고 하였다. 익산은 사통오달의 지역으로 내가 이상을 펼치기에 안성맞춤이었다. 익산은 거대한 에너지를 지닌 도시였고, 장차 발전 가능성이 매우 큰 도시라고 나는 당시 생각했다. 지난 1995년에 이리시와 익산군을 통합하여 익산시를 설치하였는데 그 후 익산은 양적으로 많이 커졌다. 익산은 무엇보다 전북의 서북단에 위치하여 노령산맥의 지맥에서 돌출한 미륵산 등이 동쪽에 머물고 있어서 낮은 산처럼 평온한 마음을 지니도록 하였다. 다소 낮은 구릉들이 남쪽으로 달리면서 비옥한 하천과 평원과 만나게 되는데 종래에는 만경강에 닿아 화기애애한 분위기를 연출한다. 10여 개의 지방도와 국

도가 서로 화평하게 손을 맞잡는 형용이어서 교통망이 특히 발달되어 산업의 확충지로는 부족함이 없는 지역이었다.

　1995년도를 기준으로 익산지역에는 55개 정도의 초등학교가 소재하고 있었다. 학급 수는 800학급이 넘었는데 이 학급에서 2만 8천 명 이상을 수용해야 했다. 이른바 학교 시설이 열악할 수밖에 없었을 것이다. 당시 익산에는 성당남성분교라는 분교까지 하나 있어서 향학열은 매우 높은 반면에 이에 대한 제반 시설이나 학습 환경은 미치지 못했다. 95년도를 전후해도 사정은 비슷한 실정으로 이런 점에 내가 교육 사업에 무엇인가 힘을 보태려고 했던 것은 그저 무모한 행동이 아니었다고 생각한다. 또한 중학교는 국, 공립이 13개 정도에 지나지 않았으며 학생 수는 만여 명에 육박했다. 향학열이 높음에도 사립 중학교가 10여 개에 지나지 않았다. 그래서 충분히 학교를 설립하는 것이 타당하며, 매우 가치 있는 일임에 틀림없다고 생각했던 것이다. 일반계 고등학교 국, 공립이 당시 3개교, 반면에 사립은 6개교로 배가 많았다. 그래서 나름대로 특색 있는 학교를 설립하여 특히나 가난 때문에 공부를 포기할 수밖에 없는 아이들한테 커다란 도움을 주고 싶었던 것이다. 90년대에 이런 정도였으니 그 이전으로 거슬러 올라가면 훨씬 우리들이 처한 교육환경은 취약했던 셈이다. 70년대만 하더라도 비인가 학교 등이 이런 열악한 상황에 처한 아이들을 구제해 주었지만 이런 것도 차츰 경영난에 자취를 감추던 실정이었기 때문에 나의 이런 바람은 더욱 간절했던 것이다.

국제전광사의 부도

그런데 어째서 나는 이런 찬란한 꿈을 포기할 수밖에 없었던 가? 다시 지난 시절을 떠올리려고 하니 벌써 울컥 목이 메어 온다. 당시 익산에서 가장 큰 기업하면 당연히 전국적으로 유명했던 국제전광사라는 기업이었다. 태엽식 괘종시계를 만들어 전국적으로 완전히 섭렵하였고 외국에 수출까지 하던 굴지의 기업이었다. 정밀기계 전문 메이커로서 당대 최고를 자랑하는 회사에 투자한 것이 화근이 되었던 것이다. 90년대 초반만 하더라도 우리는 이런 괘종시계를 많이 접할 수가 있었다. 최근에도 당시의 괘종시계가 골동품처럼 벽에 걸려 있는 데가 있는데 날짜는 몰라도 시간 하나는 아직도 정확하다는 평가를 받고 있다. 국제전광사를 통해서 산업명장이 되었던 사람들도 여럿 있고 유명한 기업을 이끌고 있는 사람들도 여기를 거쳐 간 사람들이 있는 것으로 알고 있다.

나는 이 국제전광사에 거액을 투자한 상태였다. 큰돈이 들어오면 당연히 국제전광사에 투자를 하는 것이 불문율처럼 되던 시절이었다. 당대 최고 잘나가던 회사에 투자를 한다는 것은 아무나 할 수 있는 사업이 아니었다. 국제전광사는 종업원만 약 3천명이 넘었던 것으로 생각된다. 본사도 있고 계열사도 여럿 있었으니 누구나 거기에 투자하여 같이 성장할 수 있는 기회를 잡으려고 하는 것이 사업가의 로망이었다. 아예 전화 한 통만 하면 여직원이 나를 방문할 정도였던 것이다. 그런데 그렇게 믿었던

굴지의 회사가 흔들리기 시작했다. 과도한 차입금에 판매 부진으로 이어져서 결국 지난 82년에 부도가 나고 말았던 것이다. 당시 국제전광사는 한화그룹으로 인수가 되었던 것으로 알고 있는데 나는 내가 여적 벌어서 학교를 설립하려고 투자해 두었던 막대한 돈을 한 순간에 잃어버리게 되었던 것이다. 전혀 보상을 받지 못하고 유야무야 끝나버렸다. 몇 억이란 돈이 한 순간에 날아가 버렸으니 몹시 가슴이 아팠다. 가슴이 아플 정도가 아니라 당시에는 모든 일이 손에 잡히지 않았다. 무엇보다 내가 일생에 계획한 학교 설립의 꿈이 물거품이 되어버렸다는 것이 서글펐다. 당시에는 치욕적인 마음이었을 것이다.

남편은 나름대로 속상하게 하고 국제전광사의 부도로 많은 재산을 잃고 나는 허탈했다. 이런 허탈함은 나를 육체적으로도 망가뜨렸다. 나는 밤에 잠을 이루지 못하고 생각만 하면 배탈이 나고 밥을 먹으면 위에 탈이 났다. 위장병까지 생겨버린 셈이었으니 살고 싶은 의욕도 한순간에 싫어지는 것이었다. 정말 이대로 가다가는 내가 살지 못하고 죽겠다는 우려마저 되었다. 나는 이런 현실을 받아들이기로 마음먹었다. 거창한 꿈이 아니라도 그 보다 더 보람되고 가치 있는 일이 어디 없겠는가. 나는 그래도 먹고 사는 문제는 걱정이 없지 않는가. 갖지 못한 자에 비하면 나는 여전히 행복한 사람이 아닌가. 꿈이란 날마다 다른 꿈을 꿔도 된다는 생각을 그때 나는 해보았던 기억이 있다. 꼭 학교를 설립하지 못할 바에야 좀 더 자세를 낮춰 알찬 일을 하면 되겠다고 굳게 마음을 다졌다. 그래서 나는 본격적으로 봉사를 다니기 시작했다. 나보다 어려운 이웃들이 참 주위에 많다는 것을 그때 알게 되었다. 지금도 나는 주위 사람들을 보살피는 일이 무엇보다 보람되고 소중하다는 생각에는 변함이 없는 사람이다.

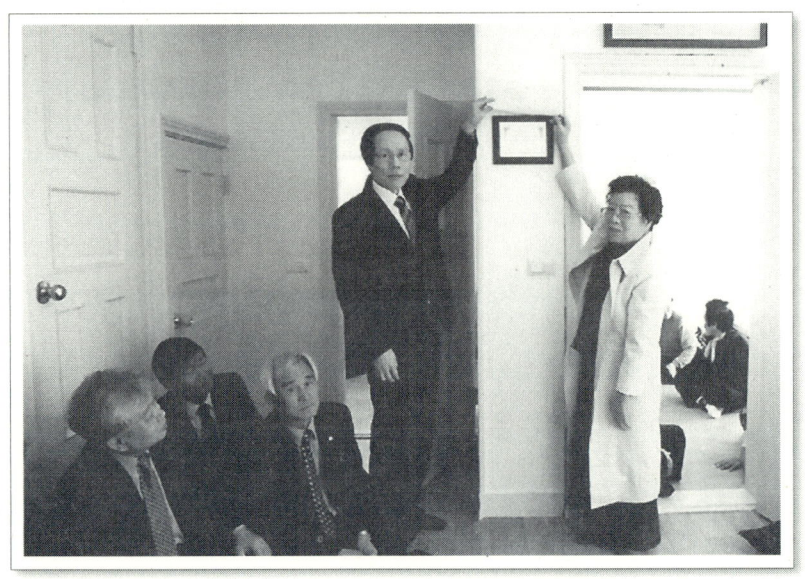

▲ 제일교회 별관 현판식

나는 종교의 역할이 매우 중요함을 당시 깨닫게 되었다. 아마 종교를 지니지 않았다면 나는 정말 스스로 목숨이라도 끊어버렸을지 모른다. 종교를 통해서 마음의 위안을 삼고 하나님께 모든 것을 고백하고 내 모든 뜻을 보여줄 수 있었기에 큰 탈 없이 위기의 순간을 넘길 수 있지 않았나 생각하고 있다. 나는 원래 교회를 다니는 것을 좋아하지 않았다. 교회는 사람들이 많지만 매

우 시끄럽고 복잡한 느낌이 들어서 싫었다. 나는 조용히 혼자 바느질을 하고 재봉틀을 돌리고 디자인을 하면서 일을 하는 성격 탓에 사람들과 많이 어울리는 것이 싫었다. 그래서 사실 교회에 발을 들여놓기 전에 천주교에 발을 들이밀었다. 내가 살아갈 수 있는 정신적 안식처를 천주교로 정하자 정말 마음이 몹시 편해졌다. 조용하고 차분한 분위기의 천주교가 무척 마음에 와 닿았기 때문이다. 그런데 그 또한 마음대로 되지 않았다. 이것은 순전히 양심상의 문제였던 것이다. 나는 천주교에 입교할 자격이 되지 못했다. 남편의 나른 여사와노 복잡하게 얽힌 나의 사생활에 대해 듣고 천주교에서는 나를 허락하지 않았다. 삼각관계의 복잡한 인연을 만들면서 살아가고 있는 나는 믿음도 제대로 갖지 못하는 모양이라고 당시에는 그렇게 내 자신이 허접하게 여겨졌고, 속이 매슥거릴 정도로 울렁거렸다. 그래서 나는 다시 원불교를 찾아갈 수밖에 없었다. 당시 원불교에 들어갔더니 매우 열악한 환경이었다. 전화 한 대가 거기에 없을 정도로 궁색한 형편이었다. 그래서 나는 쌀 열다섯 가마를 들여서 거기에 전화를 설치해 주었다.

그런데 엎친 데 덮친 격으로 칠 십 년대 말에 애들 엄마가 죽더니 그 동안 몸져 누워있던 남편마저 고인이 되고 말았다. 나는 이런 안 좋은 일들이 원불교에 잘 못 들어가서 혹시 그런 것이 아닌지 염려스러웠다. 그래서 결국 원불교도 그만두었던 것이다. 그래서 선택한 것이 기독교였던 것이다. 그래서 하나님을 마음속에 영접하고 내 영혼을 다스려나가기 시작했다. 그랬더니 아주 마음이 평안해지고 지난 일들을 훌훌 털어버리니 홀가분하기 이를 데가 없었다. 지금은 아주 편안한 마음으로 하나님 섬기면서 하루하루를 잘 지내고 있지만 당시만 하더라도 마음이 몹시 혼란한 상태였다. 학교설립에 대한 희망이 좌절되고 나서 나는 정말 얼마동안은 실의에서 헤어 나오지 못했을 것이다. 그러나 정신적으로 더욱 나를 강하게 했던 일련의 일들을 나는 이해하고자 무던히 애를 썼다. 그래서 마음속에 품은 것이 봉사를 하려는 마음이었다. 새로운 세상이 열리는 순간이었다. 학교를 설립하여 이웃들과 우리 사회에 공익을 제공하는 일이나 봉사를 통해서 공익을 제공하는 일이나 별반 다를 바가 없다는 생각에 미치자 전혀 실망할 이유가 없었던 것이었다. 그래서 나는 더욱 마음을 가다듬고 어떻게 하면 우리 사회를 위해 내가 무엇인가 도울 수 있을지를 생각하게 되었다. 뭐 특별히 거창한 도움이 아니라 이웃과 사회를 위해 작게나마 내가 도움을 제공할 수 있다면 이 또한 매우 가치 있는 일이라는 생각이 들었다. 그래서 봉사를 시작하게 되었던 것이다. 내가 오늘날 봉사를 하고 이웃들을 위해 베풀고 배려하는 마음은 아마 그 당시에 싹이 텄던 것으로 생각된다. 나는 스스로 도움이 필요한 데를 찾아 다녔다. 나는 봉사라는 것이 나를 희생하지 않고 하는 일이 아님을 당시 크게 깨달을 수 있었다. 봉사는 반드시 남에게만 제공하는 것이 아니다. 내 가족에게 나를 희생하며 수고를 아끼지 않은 것 역시 봉사라 할 수 있다고 생각했다. 이렇게 생각하니 내가 지난 날 많은 봉사의 경험을 쌓았다는 자부심도 생기는 것이었다. 뒤에서 구체적으로 언급하겠지만 시어머니의 부모님 제사를 위해 쌀 열 가마를 가지고 밭을 사 드린 일도 일종의 봉사라고 할 수 있을 것이다. 나의 봉사는

이런 사소한 집안의 일에서부터 시작되지 않았는지 모르겠다.

그리고 그 후에 나의 봉사는 지속적으로 계속 되었다. 작은 것을 베풀고 큰 기쁨을 얻었으며, 큰 것을 베풀고 더욱 큰 기쁨을 얻었다. 도움의 정도가 기쁨의 정도를 결정짓는 것은 아니지만 나는 마치 블랙홀처럼 남을 위해 돕고 베풀고 봉사하는 매력에 빨려들게 되었다. 지금도 나의 이런 삶에 대해서는 털끝만큼의 후회도 되지 않음을 고백하는 바이다. 고향 대야면 접산리 광산부락에 일시적이긴 했지만 노는 집 쉼터를 마련해 주었다. 또한 익산 제일교회 별관을 역시 나름의 큰돈을 들여 만들어주었다. 그리고 가장 최근에는 경희 경로당을 내 사비를 들여 설립해 주었다. 이렇게 학교 설립에 대한 꿈이 좌절되고 나서 새로운 희망의 불씨를 지피기 시작했다. 이렇게 되자 세상을 달리 보는 눈이 생겼다. 세상은 혼자서 잘 먹고 잘 살면 되는 게 아니라는 사실을 정말 뼈저리게 깨달았던 듯하다. 지금 우리가 살아가고 있는 이 세상이 실은 누군가의 봉사와 희생, 나눔과 베풂을 통해서 유지되고 있는 사실을 알게 되었다. 혹여 이전까지 내게 교만과 거만함이 남아 있었다면 이런 깨달음을 통해서 겸손과 겸허함이 비롯되었을 것이라고 생각한다. 내가 여기 제시한 것처럼 많은 봉사를 하고 많이 베풀었지만 내가 누리는 것은 아무 것도 없다. 나의 봉사와 희생으로부터 다만 얻는 것은 충족감이다. 이런 충족감이 내게 어떤 많은 물질적 풍요보다 더 값지다고 나는 생각하며 이렇게 오늘도 열심히 살아가고 있다.

나눔과 봉사로 새로운 기부문화를 열어야 한다

남을 이해하고 불쌍히 여기는 열린 마음을 갖는 것이 무엇보다 중요하다는 것을 깨달았다. 남에게 연민의 감정을 느끼는 것도 나는 매우 중요한 나눔과 봉사의 계기가 된다고 생각한다. 마음의 여유를 가지게 되면 마음마저 다른 이들과 공유하고 싶은 것을 또한 느끼게 된다.

나눔과 봉사는 결코 다른 말이 아니다. 마음을 나누고 물질을 나누는 것이 곧 봉사라는 것을 알았다. 또한 봉사라는 것은 반드시 물질을 통해서 하는 것이 아니라 마음속에서 먼저 남을 도우려는 의지가 일어나야 하는 것임을 깨닫게 되었다. 그래서 나눔과 봉사는 마치 동전의 앞면과 뒷면처럼 뗄 수 없는 말이다. 생애를 치열하게 살아왔지만 예나 지금이나 이런 나의 생각에는 차이가 없다. 물질을 나누는 것도 내가 많이 가졌다고 하여 나누는 것이 아니다. 비록 내가 가진 것이 적지만 누군가를 돕고자 하는 의지만 있다면 도움을 줄 수가 있다. 나 역시 내가 아주

넉넉해서 다른 이들과 물질을 나누었던 것이 아니다. 남을 이해하고 불쌍히 여기는 열린 마음을 갖는 것이 무엇보다 중요하다는 것을 깨달았다. 남에게 연민의 감정을 느끼는 것도 나는 매우 중요한 나눔과 봉사의 계기가 된다고 생각한다. 마음의 여유를 가지게 되면 마음마저 다른 이들과 공유하고 싶은 것을 또한 느끼게 된다.

나는 테레사 수녀님의 뉴스를 접한 적이 있다. 몸의 구석구석이 모두 사랑의 화신이던 수녀님이 아닌가. 주름진 얼굴과 거친 손마디를 텔레비전 뉴스를 통해서 보았다. 굶주리고 헐벗은 이웃들을 위한 온전한 사랑이요 헌신이셨다. 수녀님은 지금의 나보다 나이가 몇 살 더 먹어서 세상을 떠났다. 지난 97년 9월에 그녀는 돌아가셨는데 87세의 나이였다. 테레사 수녀가 돌아가신 뒤에 그를 따르는 행렬은 인간의 정서가 메마르지 않았음을 보여주었다. 인도 국민들이 '우리 모두를 고아로 만들고 떠났다.'라고 하였을 때 나도 모르게 눈에서 눈물이 흘렀다. 국가와 민족과 종교를 초월한 봉사와 희생, 나환자와 고아와 부랑자와 걸인들이 그 행렬을 메웠다. 5킬로미터의 추모행렬이 뒤를 따르고 150여 만 명이 뒤를 따랐다. 수녀님의 어록 가운데 아직도 내 가슴을 적시는 어록이 있다.

- 쌓아두면 쌓아둘수록 줄 수 있는 것이 적어집니다. 가진 것이 적을수록 나누는 방법을 제대로 알게 되는 것이지요.

- 우리는 가정의 고통을 나누며 서로 사랑하고 서로 용서해야 합니다. 진정한 사랑은 이것저것 재지 않습니다. 그저 줄 뿐입니다. 아플 때까지 주십시오.

이런 테레사 수녀를 어찌 존경하지 않을 수가 있으랴. 그저 맘속에 존경하는 것으로 결코 충분한 것은 아니다. 그녀를 존경한다면 그녀의 뜻에 맞게 사는 것이 진정 그녀를 존경하는 것이 아니겠는가. 그래서 나는 비록 테레사 수녀를 떠올리지 않는다 하더라도 내가 마음이 피폐해지고 큰 재산의 손실을 하고나서 절로 맘속에 생기던 마음이었다. 반드시 나의 나눔과 봉사의 시간이 테레사 수녀님 같은 분과 맥을 같이 하지는 않는다. 나는 일찍부터 무엇이든 이웃과 주위 사람들과 나누려는 성정을 지니고 살았다. 이상하게도 내가 지닌 것을 남에게 주고 싶었고, 같이 나누고 싶어졌던 것이다. 이런 것이 자기가 타고 태어난 운명이 아닐까 나는 생각해 보게 된다. 테레사 수녀를 어찌 따라갈 수가 있으며, 그녀가 걸어온 길을 흉내라도 낼 수 있을 것인가. 그저 묵묵히 그녀의 유지를 받들어 실천하고자 하는 것이 진정 내 소박한 심정이었던 것이다.

나는 거창한 나눔이란 원하지 않는다. 위에서 언급했듯 내가 엄청난 자산가도 아니며 사회 사업가도 아니기 때문에 소박한 나눔과 봉사를 실천하는 길이 나의 숙명이라 생각했다. 많이 가진 자들의 소유물이라면 훨씬 가치가 덜어질 것이지만 비록 적게 가진 자들의 나눔과 봉사는 적어도 가치에 있어서 훨씬 높다고 할 수 있다. 우리 사회가 지금 제대로 유지되고 있다면 바로 있는 자들의 이런 활동이 아니라 보통 사람들의 나눔과 봉사로부터 차지하는 영역이 훨씬 크다고 나는 생각한다. 내가 젊어서 결혼 생활을 할 때 나는 봉사의 정신으로 하루를 살았다. 당시는 이웃에 대한 봉사가 아니라 가족에 대한 봉사였다. 앞에서도 언급했듯이 공교롭게도 나는 시댁 어른들을 한집에 모시고 살았다. 그래서 당연히 나이 드신 분들을 위해 젊은 사람으로서 지극정성으로 보살피지 않으면 안 되었던 것이다. 집안 제사를 지내는데 도움이 되도록 처음 쌀 열 가마로 밭을 사서 준 것이 봉사의 시작이었다.

그리고 어렵게 사는 시누이에게 집을 사주었다. 비록 크고 비싼 집은 아니었지만 쌀 스물여덟 가마를 주고 집을 사주었던 것이다. 아마도 내가 누군가를 위해 내가 가진 것을 조금 희생하고 내 닫힌 마음을 열어 보인 것이 봉사의 시작이었던 듯하다. 물론 내가 처음 시집 왔을 때에 조카 재완이가 어려서 자식처럼 키우게 된 것도 일종의 봉사의 시작이었을 것이다. 하지만 운명처럼 받아들여진 이런 일로 봉사의 생색을 내고 싶은 마음은 없다. 당시 쌀이라는 것은 목숨과도 바꿀 수가 있었다. 쌀 한 톨 구경하기 어려운 집들이 아주 많았다. 보리밥도 먹고 살기 힘든 아주 고약한 시절이었다. 이런 시대에 쌀이라는 것은 생명유지의 수단이라기보다는 부를 축적하는 수단이었다. 당시 꾀나 잘 사는 집에서는 머슴이란 일꾼을 두고 살았는데 머슴의 일 년 새경 요즘으로 말하자면 연봉이 쌀 2가마 혹은 4가마 정도였다. 쌀을 가지고 밭을 사고 집을 사는 것은 돈과 마찬가지로 교환가치가 충분

히 컸기 때문이다. 부농(富農)들은 사실 이런 쌀을 가지고 크게 부를 축적했다.

뒤에서 구체적으로 얘기를 하겠지만, 이렇게 처음 시작한 봉사의 결실은 단연 한국부인회를 통해서 완성을 보게 되었던 것 같다. 당시 한국부인회는 그래도 일찍 머리가 트인 여성들이 우리 사회의 요처에서 다양한 봉사활동을 하는 일들을 벌였다. 익산에서도 예외는 아니어서 일찌감치 한국부인회를 결성하여 현재는 국내 최고의 활동을 벌이는 단체가 되었지만 당시만 해도 어설픈 부분도 많았다. 그러나 이웃과 사회를 위해 봉사를 할 수 있는 기반을 바로 거기에서 조성할 수가 있었는데 봉사는 혼자서 하는 것보다 여럿이 합심을 해서 하는 것이 훨씬 가치도 있고 성과가 좋다는 것을 나는 당시 깨닫게 되었다. 한국부인회에 대한 얘기는 뒤에서 따로 얘기를 하기로 하겠다. 위에서 봉사는 물질과 마음의 부분이 있다고 했는데 마음으로 봉사를 하는 것은 누구나 할 수는 있을지 모른다. 하지만 정말 자신이 지닌 물질을 통해서 남에게 주고 봉사를 하기란 결코 쉬운 일이 아니다. 더구나 먹고 살기 어려운 시기에 자신이 가진 것을 아무런 조건 없이 우리 이웃들과 사회와 나눈다는 것은 정말 쉬운 일이 아닌 것이다. 그런데 물질이란 반드시 큰 것을 필요로 하지 않기 때문에 가능한 법이다. 그리고 처음 물질을 나누는 것이 어렵지 한번 이런 나눔과 봉사의 맛을 보면 남이 말려도 할 수밖에 없다. 일종의 나눔과 봉사는 마약 같은 역할을 한다. 남에게 나누면 남의 기분도 물론 좋아지겠지만 무엇보다 주는 자신의 마음이 좋아지며 기쁨이 넘친다. 그래서 한번 나눔과 봉사를 실천해 본 사람은 반드시 다시 실천하게 되는 것이다. 마약 같은 성분이 있다는 것은 곧 즐거움과 기쁨이 거기에서 저절로 우러난다는 것을 의미한다.

나누고 베풀어서 가슴이 허전하고 아프다면 누가 다시 이런 일을 하려고 하겠는지. 당연히 기분이 좋고 기쁨이 넘치기 때문에 그렇게 하는 것이다. 그렇기 때문에 받는 사람의 입장에서 크게 미안해 할 필요가 없다는 사실이다. 간혹 남에게 받는 것을 수치로 여기는 사람이 있는데 이는 잘 못된 태도라고 나는 생각한다. 정작 나누어주고 베풀어주는 사람은 자신을 위해서 이렇게 한다고 생각하면 훨씬 받아들이는 편이 쉬울 것이다. 또한 나누고 베푸는 봉사를 통해 우리는 소통을 할 수 있다. 진정한 봉사의 의미는 이웃들과 소통하기 위함일지도 모른다. 봉사는 일종의 덕을 쌓는 행위라고 나는 생각한다. 따라서 덕은 베풀면 베푼 대로 다시 내게로 돌아오는 것이다. 남에게 악행을 쌓으면 나에게 결국 악행이 되어 돌아오고 남에게 선행을 베풀면 나에게 선행이 되어 다시 돌아온다. 이런 삶의 이치는 우리처럼 생을 많이 오래 살아본 사람이라면 어렵지 않게 느끼는 것들이다. 그래서 나눔과 봉사는 결국 자신과 자신의 가족을 위해 덕을 쌓는 행위로 연결이 된다는 점을 잊어서는 안 될 것이다.

우리 사회는 여전히 열악한 구석이 많이 있어 보인다. 그래서 어디든 마음을 열고 손을 내밀면 우리의 마음을 받아줄 이웃들

이 살고 있다는 것을 명심했으면 좋겠다. 공연히 내 개인의 삶을 정리하면서 이런 얘기로 번진 것은 그래도 내 삶의 중요한 이슈가 나눔과 봉사로 일관해 왔기 때문이리라. 나이가 들면서 나도 육체적으로 많이 기운이 소진함을 느끼지만 그래도 이따금씩 남을 위해 무슨 일을 하고 있다 생각하면 내가 여전히 이 사회에 쓸모가 있는 사람같이 보여서 기분이 상쾌하다. 내 존재가치를 자신이 느끼고 인정할 때 진정 그 사람의 삶이 풍요롭다는

▲ 지금의 집에서 재근의 아들 손자와 함께

생각을 많이 하게 된다. 요즘 기부의 확산에 대해 사람들의 관심이 높아지고 우리 사회의 중요한 운동으로 기부문화가 자리 잡고 있다. 나눔과 봉사를 통해서 기부문화가 자리를 잡는다면 우리 사회를 발전시키는 커다란 원동력이 되리라는 것은 믿어 의심치 않는다. 기부는 반드시 돈을 가지고서 하는 것이 아니라는 것을 나도 여적 살아오면서 항상 느끼고 있는 대목이다. 돈이 없다면 재능을 기부하면 된다. 일종의 남을 위한 서비스를 실천하면 이 역시 훌륭한 기부가 되는 것이며, 이것이 바로 최고의 나눔과

봉사라고 나는 생각한다. 나는 내 나이 60세가 넘었을 때에 시체를 기부했다. 내가 떠날 때 모든 것을 다른 사람을 위해 바치고 가겠다는 의지가 반영된 결정이었다. 자신의 인생이 초라하여 아무 것도 남을 위해 베풀 것이 없다고 생각한다면 자신의 몸을 기부하는 방법도 있다. 기부의 형태는 매우 다양하다는 것을 우리가 인식할 필요가 있다고 생각한다.

기부의 시작과 완성

사람 위에 사람 없고 사람 아래 사람 없는 법이다. 나는 차라리 평범한 사람 입장에서 나눔과 봉사를 실천하고 종국에는 기부를 실천하는 모습이 더욱 훌륭한 가치를 지녔다고 생각한다. 당연한 말씀이다. 하나님은 우리의 중심을 보는 것이지 결코 우리의 겉면을 보고 판단하지 않는다 하셨다.

사실 기부라는 것은 몹시 어려운 말이다. 자신의 것을 남에게 아무런 대가 없이 바치는 것은 결코 쉽지 않다. 처음 내 시간과 돈을 들여 이웃을 돕기 시작했을 때에 나는 많은 갈등을 겪었다. 나 역시 자식들을 키우고 있었기 때문이다. 뭐든 자식들을 위해서 더 벌어야 하고 더 모아야 하는 상황이 계속되었다. 그래서 봉사라는 말을 꺼내고 어디 가서 남을 도울 엄두가 나지 않았다. 그리고 보니 봉사의 시작은 나의 집안일로부터 비롯되었던 듯하다. 어쩔 수 없이 내가 보살펴야 하는 상황에 맞닥뜨리면서 나를 희생하지 않으면 안 된다는 사실을 깨달았던 것이다.

내 배로 낳은 자식들이 아니지만 나는 하나도 거부감 없이 온전히 내 자식으로 여기면서 아이들을 키우고 가르쳤다. 이런 일련의 일들이 나를 단련시켰던 모양이다. 내가 중심이 아니라 남이 중심이 되는 세상을 살라는 가르침이 아니었을지. 그러기 위해서 필요한 것이 나의 희생이었다. 그래서 네 살 먹은 조카를 키우고 작은 동서가 낳은 아이들을 내 품에 품어서 키우기 시작했다. 그 후 악착같이 생활하면서 돈을 벌기 시작하고 집안사람들의 어려움을 내몰라 하지 못할 만큼 너그럽게 행동을 하기 시작했다. 밭을 사서 주고 집을 사서 주는 이런 일들은 내가 비록 내 집안사람들을 위해서 베풀었던 일이지만 내 시선을 이웃과 사회를 향하도록 나침반 역할을 했음에 분명하다.

　그런데 남을 위해 나의 재산을 축내는 일이 나에게 그렇게 자부심을 안겨주었던 것이다. 그래서 내가 지금까지 다양한 기부를 했던 것임에 틀림없다. 기부라는 것은 그 규모의 크고 작음에 연연할 필요가 없다. 앞에서도 언급을 했듯이 어떤 자신의 재능이라도 남에게 무상으로 사용하면 기부가 되는 것이다. 사람들이 어떤 형태로든 기부를 해보면 새삼스럽게 그 뿌듯한 마음을 깨닫게 된다고 한다. 나도 역시 처음에는 갈등도 있고 망설임도 있었지만 한번 마음을 다잡아서 실천을 하고 보니 그렇게 마음이 뿌듯할 수가 없었다. 이웃과 사회를 위해 무엇인가 기부를 하는 일에 대해 자식들도 특별히 반대하지 않았다. 특별히 반대할 이유를 따지자면 충분히 그럴 수도 있겠지만 내 자식들은 오히려 나더러 정말 괜찮겠느냐고 물어보았다. 그런 점에 대해 이 지면을

빌어 자식들에게도 감사의 마음을 전하고자 한다. 남을 위해 베풀고 이런 저런 봉사를 하고 작은 밭과 작은 집을 사주고 하다 보니 자꾸 다른 생각이 떠올랐다. 내가 이보다 더 의미 있는 일을 어떻게 할 수가 있을까? 곰곰이 생각한 결과 내가 가까이 하는 지금 당장의 이웃들을 위해 뭔가 일을 해야지 하는 생각이 들었다. 이런 나의 신념의 전환점이 내가 우리 이웃과 사회를 위한 본격적인 기부의 전환점이 되었다고 생각한다. 나는 그 처음을 기부의 시작이라 생각한다. 지금도 누군가 나의 그런 기부를 통해서 편안한 삶을 누리고 있다면 나의 이런 기부는 정말 의미 있는 기부가 아닐는지.

우리 주위에는 생각보다 많은 사람들이 자신의 재산을 나누려고 한다. 우리 사회와 더불어서 함께 공존하기 위해서다. 자신만 잘 먹고 잘 살면 이제 삶의 의미는 없다. 같이 잘 먹고 잘 살아야 함께 즐겁다. 그래서 많은 이들이 비록 작은 재산이지만 소액 기부를 통해서 자신의 마음을 함께 나누려고 한다. 매우 다행스런 일이 아닐 수가 없다. 기부를 하는 이들은 어떤 이득을 결코 생각하지 않는다. 지역문화의 발전을 위해서, 지역도서관에 책을 사주고 문화시설을 구비해서 연극 공연장을 만들어주는 일들을 통해서 지역사회의 행복을 같이 창출하는 것이다. 록펠러 재단 같은 세계적인 재단은 물론 기부를 체계적으로 기업적으로 활용하여 기부문화를 통해 새로운 사회적 수요를 창조하고 새로운 이익을 창출하려고 하지만 우리는 비록 작지만 아름다운 나눔을 통해서 당장 옆에 있는 이웃들이 행복하고 즐겁게 살 수 있는 환경을 제공해주면 더없이 의미가 있는 일이 아닐 수가 없을 것이다. 그래서 우리 사회에 이런 일을 통해서 아름다운 나눔의 뿌리를 견고히 할 수 있는 초석이 되었으면 좋겠다는 말이다.

첫 번째 나의 기부

고향에 마련한 쉼터

내가 진정으로 나의 이웃을 위해 명색이 선행을 했다고 생각하는 것은 내 고향 대야의 접산리에 쉼터를 설립해 주었던 일이다. 당시 고향에는 많은 어른들이 살고 있었는데 마땅히 쉴 데가 없었던 것이다. 어린 시절 내 가여운 삶의 흔적을 통째로 기억하고 있는 고향이야말로 내게 가장 소중한 공간이 아닐까. 그리고 다른 여자들과 달리 같은 마을 남자와 혼인을 하고 다른 지역으로 이동하지 않고 바로 그 마을에서 제2의 인생을 열게 된 참으로 소중한 공간이 접산리라는 마을이었기 때문이다.

나는 결혼을 하고 얼마 안 되어 도회지로 나와서 나름대로 사업에 성공을 하였기 때문에 간혹 고향에 방문하면 항상 어르신들이 편하게 쉴 수 있는 아늑한 공간이 없다는 점이 안타까웠다. 그래서 늘 어떻게 하면 고향 마을을 위해서 내가 무엇을 할 수 있을지를 생각하던 끝에 마을회관으로 사용할 수 있는 마을의 집을 하나 마련해서 좋은 환경으로 내부를 수리하여 마을 어르신들의 쉼터로 사용하게 되었다. 옛날 우리 시아제가 살던 집이었으며 당시 논 2,400여 평을 포함하여 7,000만 원을 달라고 해서

그렇게 주고 샀다. 나는 원래 이 집을 막내아들이 몸도 불편하고 해서 나중에 혹시 모르니 동네에 살게 할 생각도 있었기 때문에 구입했던 것이다. 나중에 그럴 기회가 되면 거기에 새로 집을 지어서 농사라도 짓고 살면 되겠다는 생각을 했다. 이것이 내가 대외적으로 나눔을 실천한 공식적인 행위였다. 그리고 거기에 관리인을 두어 맡겼던 것인데 관리인과 마을 사람들 사이에 분쟁이 있었던 것 같다. 막상 쉼터를 마련했지만 자잘한 운영은 결코 쉬운 일이 아니었다. 시골에서 어렵게 사는 마을 사람들이 운영비를 마련하기란 결코 쉽지 않다. 관리인이 따로 있어서 마을 사람들의 권리 역시 하나도 없어서 상호 분쟁이 발생하기 마련일 터이다. 그런 까닭에 마을 사람들이 속이 상한 때문인지 하나를 사서 고쳐가지고 내가 마련한 쉼터가 필요 없게 되었다. 물론 관리인도 나가버리고 그래서 3년여 정도 사용하고 문을 닫았으며, 거기 있는 집기는 익산으로 가져와버렸다. 작은 쉼터를 함께 나눠보려던 내 따뜻한 마음 역시 여러 환경에 직면하여 그만 멈춰버렸던 것이다. 결국 그 집은 나중에 큰 아들 재근이 빚을 정리하는 데 보태느라 조카한테 싸게 팔아서 일단락 되어버렸다. 나는 그래도 잠시나마 누군가 이웃을 위해 함께 나눈다는 마음을 실천할 수 있게 되어 나름대로 마음의 자부심과 위안을 느끼게 되었다.

내가 학교설립에 대한 마음을 접고 매우 마음속으로 공허하고 고통스러웠던 시절에 이런 결정은 마을 어르신들에게도 좋은 일이었을 것이지만 정작 내 자신에게 큰 위안이 되었다. 어떤 형태로든 누군가를 위해 나눔의 기부를 한다는 것은 정말 쉬운 일이 아니기 때문이었다. 마을 사람들을 위해 건물을 마련하여 쉼터를 꾸리고 함께 작은 마음을 나눈다는 사실 하나로도 당시에는 이상하게 새로운 힘이 솟아나는 것 같았다. 나와 이웃한 분들 그리고 나의 생활반경에 속한 곳에 도움을 주어야겠다는 야심이 그때부터 생기게 되었다. 특별한 곳에 나눔과 봉사를 실천할 것이 아니라 바로 내가 마주하는 이웃들과 항상 마주치는 공간에서 도움이 되는 것을 찾아보면 반드시 내가 도울 일이 있다는 것을 깨달았다. 이렇게 내 돈을 들여서 베푸는 것이 하나도 아깝지 않았다. 또한 내가 무슨 칭찬을 받으려고 하는 것도 아니요 일부러 선행을 위한 선행을 했던 것도 아니다. 마음속에서 저절로 우러나서 하게 되었던 일이다. 나는 정말 이런 나눔의 실천을 했다는 것에 대해 절대 후회 같은 것을 하지 않는다. 모든 것이 내가 마음먹은 대로 잘 되었다고 생각한다. 마을 사람들과의 사이에 작은 불협화음이 있었던 것이 마음에 걸리기는 하였지만 나는 당시 마음속에서 마을 사람들을 위해 쉼터를 마련하여 얼마 동안 사용했다는 사실에 남다른 자부심을 느꼈다.

경로사상의 발로는 바로 인간의 깊은 효성에서 비롯된다고 나는 생각한다. 어린 시절부터 부모님이 어른들에게 효도하는 모습들을 내림으로 보고 자랐기 때문에 이런 마음이 저절로 마음속에서 자랐던 것인지 모른다. 나는 세상을 여적 살아오면서 가장 중요한 덕목이 효성이라고 생각한다. 그래서 효라는 것이 모든 행동의 근본이라는 말도 있지 않은가. 내가 어려서부터 부모님이나 어르신들을 공경하고 효를 실천했기 때문에 지금의 내가 자식

들이나 젊은 사람들로부터 효도를 받고 존경을 받을 수 있는 법이다. 효도 내림인 모양으로 자식들은 부모의 행동을 보고 자란다는 것이 백 번 천 번 맞는 말이라고 생각한다. 그래서 나를 위해서 하는 것보다 자식들을 위해서 젊은이들을 위해서 하는 것도 현명한 일이다. 또한 궁극적으로는 인생에서 자신을 위한 일임을 생의 끝에서 지금의 나처럼 깨닫게 되지 않을까. 나는 옛날에 내가 베풀었던 이런 나눔과 봉사가 결국 기부로 크게 연결되고 이런 과정을 통해서 인생의 끄트머리에서 자족하고 있다는 것이 매우 다행스럽다.

접산리 쉼터의 물꼬를 텄던 일들, 이제는 고향에 자주 갈 수 있는 기회는 못되지만 고향을 생각하면 당시 쉼터에서 즐겁게 얘기를 나누며 기뻐하시는 마을 어른들의 모습이 떠오르곤 한다. 지금은 이런 노인들의 쉼터가 아주 많이 필요할 때라고 나는 생각한다. 이는 어르신 당사자는 물론 그 가족에게도 좋은 일일 것이다. 마을 사람들이 협심을 해서 마련한 마을 쉼터 역시 아무 차질 없이 잘 운영되었으면 좋겠다. 전국 곳곳에서 우리 뒤를 이어 이런 쉼터를 만들어 잘 관리하고 어르신들이 편안한 생활을 할 수 있도록 도움을 주었으면 좋겠다는 생각이 든다. 물론 이렇게 좋은 일에는 많은 분들이 아낌없이 후원하고 또한 마을 관계자들이나 주민자치에서 지속적인 관심과 배려가 있어야 한다. 나 역시 나이가 들어보니 주위 분들의 관심이 절실히 필요할 것 같다는 생각이 든다. 언젠가 내 고향 접산리 사람이 마을회관에 텔레비전 등을 선물하고 어르신들의 건강을 염려해 온천여행 등도 보내주었다는 기사를 읽었다. 정말 고마울 따름인데 이제 이런 분들이 더욱 많이 나오리라고 나는 확신한다. 이런 시설과 특히 노인의 건강과 복지가 함께 어우러져서 다양한 서비스가 제공되어야 한다. 이러기 위해서 필요한 것이 바로 나눔과 봉사의 정신이다.

두 번째 나의 기부
익산 남중동의 경희 경로당

누누이 얘기하지만 기부라는 것은 있는 자들 가진 자들의 특권이 아니다. 그리고 엄청난 재산을 소유하고 있는 자들의 기부라야 요식행위에 지나지 않을 수도 있다. 정말 손발이 부르트도록 열심히 티끌처럼 모아서 값진 기부를 하는 이들이 진정한 기부의 수호천사들이다. 나는 정말 예전부터 이렇게 생각해왔다. 접산리 쉼터를 만들고 나서 나는 매우 활동적이 되었다. 그런 일이 내게 큰 위로가 되었으며 큰 자극제가 되었다. 여기에서 멈춰서는 값진 일들을 누리지 못할 것이라고 나는 생각했다. 선행은 정말 해보지 않는 사람은 그 기쁨을 결코 모른다. 남에게 베풀어 보지 못하고 항상 받기만 하는 자들은 베푸는 것의 기쁨을 결코 알지 못한다. 그러나 한번 베풀어 보면 상황이 달라진다는 것을 명심할 필요가 있다.

나는 나를 위해서 쓸데없이 돈을 낭비하지 않는다. 아니 낭비라기보다 공연히 나한테 돈을 사용하지 않는다. 악착같이 모을

수 있는데 까지 돈을 모은다. 나는 택시를 잘 타지 않고 웬만한 거리는 걸어서 다닌다. 의복을 사는데 돈을 쓰지 않는다. 정성껏 검소하게 오래오래 입어서 그러는지 옷을 새로 구입할 일이 없는 것 같다. 이렇게 해서 모인 돈은 결코 무시할 수 없는 금액이 된다. 하루에 천 원씩 일 년 열두 달 365일 저축하면 36만 5천 원이 모인다. 십 년이면 사백만 원을 저축할 수가 있다. 무엇을 해서라도 이천 원을 저축하려고 작심한 사람이 이것을 실천하였다면 팔백만 원이 넘는 돈을 저축할 수 있다. 한 집안에서 두 사람이 이런 신념을 가지고 땀을 흘려 일하면서 근면하게 살았다면 2천여 만 원을 저축하게 되고 이것을 이웃에게 베풀면 상당히 의미 있는 데 사용할 수 있었을 것이다. 작은 것을 결코 무시해서는 안 되는 이유가 여기에 있다.

나는 남중동의 주택을 물색하기 시작하여 결국 경로당으로 적합한 주택을 찾게 되었다. 당시 나는 바빴던 나머지 주위에서 일을 보아주던 박도삼이란 사람이 있었는데 주로 그가 이런 일을 대신했다. 이 글을 빌어 당시의 고마운 마음을 전하고 싶다. 나는 경로당으로 적합할 것 같다는 그 집의 주인이 여자라는 것만 알았으며 그 주인을 보지 못했다. 박도삼 씨란 분이 중간에서 나를 이렇게 도와주었다. 큰 도로에서 가깝고 주위에 놀이터가 있어서 그만이라고 하였으며, 내가 답사한 결과 정말 안성맞춤이었다. 크기도 상당히 적절했고, 이만하면 충분하다고 생각했다. 그래서 이것저것 가리지 않고 나는 저질러버렸다. 어차피 기부를 하려고 하였기 때문에 이것저것 따지게 되면 초심이 사라지지 않을지도 염려되었기 때문이었다. 공교롭게도 내가 이 집에 기부한 금액은 굳이 우리 돈으로 따져서 칠 천 만원이었다. 주택은 5천 6백만 원에 매매를 했고, 기타 수리비 등을 모두 포함하여 7천만 원에 이르렀다. 나는 이 돈을 마련하기 위해 정말 피눈물 나게 일을 했다고 생각한다. 먹고 싶은 음식을 배불리 사먹지 못하고 입고 싶은 의복 역시 마음 편하게 한 번 사서 입지 못했다. 택시를 타는 일은 가물에 콩 나듯, 항상 걷거나 대중교통을 이용했다. 나이가 상당히 들어서도 소위 해외여행 한번 제대로 다녀오지 못했다. 지금까지 내가 경험한 해외여행은 한국부인회를 통해 이루어진 한 차례 단체여행이 전부이며, 자식 일로 필리핀에 간 것이 전부이다. 나는 돈을 이런 여행에다 가볍게 사용하고 싶지 않은 사람이다. 돈은 정말 개처럼 벌어서 정승처럼 쓰라는 말이 나에게는 딱 어울리는 것 같다. 그러고 보니 어떻게 보면 내가 살아가는 인생은 숙맥 같은 인생이라 할 수도 있을 것이다. 돈을 악착같이 벌어서도 나를 위해 쓰지 못하는 인생이니 충분히 이런 말이 나올 법도 하는 것이다. 이렇게 하여 모은 돈 7,000만원이기 때문에 재벌들이 베푼 수 억 보다 값지다고 나는 생각한다.

나는 남중동 경희 경로당을 설립하고 매우 보람 있는 날들이 되었다고 생각한다. 마을 어르신들이 거기에 오셔서 쉬고 하루의 무료함을 동료들과 달래는 것을 보니 퍽이 마음이 편안해진다. 지금의 나 역시 그 경로당을 통해 많은 삶의 환희를 느끼며 살아가고 있다. 하지만 지금의 경로당이 지역에서 자리를 잡기까지 사실 고백하기 싫은 우여곡절도 많았다. 가지 많은 나무에 바람

유명인사의 여부는 중요하지 않다. 선행을 베풀고 나눔과 봉사를 실천하는데 이런 제한은 완전히 무시해도 좋을 것들이다. 사람 위에 사람 없고 사람 아래 사람 없는 법이다. 나는 차라리 평범한 사람 입장에서 나눔과 봉사를 실천하고 종국에는 기부를 실천하는 모습이 더욱 훌륭한 가치를 지녔다고 생각한다. 당연한 말씀이다. 하나님은 우리의 중심을 보는 것이지 결코 우리의 겉면을 보고 판단하지 않는다 하셨다. 그래서 나는 앞으로 더 많은 사람들 특히 보통 사람들이 비록 작은 것이라도 기부를 실천하기를 바랄 뿐이다. 그런 문화적 풍토가 우리 사회에 활성화 되었으면 하는 바람을 가져본다. 믿는 자 그렇게 되리라. 이런 세상이 된다면 우리가 기부를 하는 지금의 모습이 훗날에 결코 헛되지 않고 많은 사람들에게 본이 되리라 확신한다. 이제 우리는 자신만 잘 먹고 잘 사는 시대는 지났다. 자신보다 이웃이 행복해야 더불어 행복한 시대, 이처럼 다양한 시대 변화한 시대에 살고 있기 때문이다.

나눔과 봉사의 중심 익산 한국부인회

　나는 젊은 여성들이 많이 봉사단체를 찾아와서 회원이 되어주기를 간청하고 싶다. 현재 익산 한국부인회만 하더라도 별로 젊은 여성들이 없다. 30대 40대 여성들이 많이 부족한 실정이다. 젊은 여성회원들이 발랄하고 건강한 몸으로 활발하게 움직여서 많은 익산의 어려운 이웃들에게 봉사를 베풀었으면 얼마나 좋겠는가 생각해 본다.

　한국부인회는 우리 역사상 가장 빼놓을 수 없는 여성단체라고 생각할 수 있다. 지난 1963년 10월에 창립발기총회를 열고 발기인 131명을 중심으로 시작된 여성단체 운동의 메카라고 할 수 있다. 지난 1963년 12월에는 전국 10개 시, 도지부 및 192시, 군, 구의 지회를 결성하고 지금까지 전국적으로 활발히 움직이고 있는 눈부신 여성단체이다. 오늘날 우리 대한민국이 이렇게 살아온 중심에서 한국부인회는 중요한 역할을 하여왔으며, 현재도 그 위치를 점하고 있다고 말 할 수 있다.

한국부인회가 구체적으로 어떤 단체인가 하는 것은 그 동안 시대를 거슬러 오면서 어떤 일을 하였는지 살펴봄으로써 이해할 수 있을 것이다. 지난 60년대에 어려운 시절에 생활개선을 위한 강연과 전시회로 시작하여 소비자 고발센터, 불량식품 안사기 운동, 농촌무료진료개시, 70년대에 전국 도, 시, 군 등 지회 지도자 훈련을 시작으로 소비자 품평회, 쌀값 안정 위한 간담회, 가족법 개정에 대한 여론조사, 생활부업교육 실시, 자연보호 캠페인 등을 벌였다. 한국부인회의 역사를 알면 우리 대한민국의 역사와 당시 사회상, 시대상 등을 충분히 이해할 수 있을 정도로 살아 있는 시대의 역사라 할만하다.

8, 90년대에는 글로벌 시대의 중심에서 세계여성 대회에 참여하는 등의 폭을 넓혀나가는 것으로 미혼모 실태조사 등에 이르도록 여성인권의 중심에 서고 있다. 또한 소비자들의 인권을 최우선으로 생각하며 세계 소비자 연맹 초청 특별 세미나 등도 개최하고 있으며, 수재민 돕기 캠페인, 환경의 날 캠페인 등을 벌이고 있다. 그리고 과소비 억제 캠페인, 대기오염 측정 등 인간생활 깊숙이에서 그 역량을 발휘하고 있는 것을 알 수 있다. 미혼모 등의 사회문제 등도 가장 먼저 발췌하여 우선순위에 두고 활동하고 있다. 2천 년대에는 수입소고기 원산지 점검 발대식이라든지 캠페인을 통해 소비자 등의 식생활을 보호하고 안전한 먹거리 우리 손으로 캠페인 등도 벌이고 있다. 또한 에너지 절약에 대한 모두 함께 캠페인의 실시와 정책세미나, 여성정책 기본계획 수립을 위한 공청회 등 산적한 우리사회의 문제점을 간파하여 그 해결을 위해 동분서주 하여왔음을 알 수 있다.

우리 익산 한국부인회 역시 한국부인회의 역사와 거의 그 궤를 같이 하고 있다. 나는 익산 한국부인회 초대 창립 멤버이다. 아마 지난 1963년 12월 시, 군 구 지회의 결성을 통해서 우리 역시 출범했을 것이다. 현재 그래도 대한민국에서 가장 활발하게 움직이고 있으며 익산지역에서 그래도 매우 중요한 역할을 하고 있는 것을 볼 때 감개가 무량할 뿐이다. 특히 지역사회의 현안 문제점들을 빠르게 인식하고 익산 한국부인회에서 어떻게 대처해야 하며, 지역민들을 위해 우리들이 해야 할 일이 무엇인지 수렴하는 것이다. 익산 한국부인회는 익산의 시대적 사회적 흐름과 동반하면서 지금까지 거슬러 올라오게 되었다. 익산시 한국부인회는 비록 지방이지만 내 개인적인 생각으로는 전국에서 가장 무르익은 단체라고 생각한다. 지금까지 다섯 번째 회장을 맞고 있는 익산 한국부인회를 위해 나는 창립 당시 크게 기대하지 않았었다. 그저 봉사와 나눔을 실천할 수 있는 공간적 의미로만 받아들였을 뿐이다. 여러 가지로 부족한 내가 이런 전국적인 명분을 지닌 단체에서 이름을 걸고 봉사를 할 수 있다는 자체로 내게 많은 변화를 가져온 셈이었다. 나는 익산 한국부인회에 처음 사무실을 제공해 주려고 마음먹었다. 당시 나는 넓은 집을 지니고 있어서 충분히 가능한 일이었다. 나는 한국부인회에 크고 작은 후원을 아끼지 않았다. 하지만 막상 사무실을 제공하면 운영도 결코 쉬운 일이 아닐 거라는 염려가 되었다.

사무원을 두어야 하고 사무원의 급여도 책정해서 주어야 한다. 그리고 전화기 등 사무실 집기 등도 만만한 일이 아니었다. 당시 내가 직접 한국부인회를 위해 사무실 제공을 얘기했을 때부인회 자체에서도 너무 한 사람한테 부담이 된다고 만류를 했다. 봉사가 주요 목적인데 엉뚱한 데에 돈이 새어나가면 의도에서 벗어난다고도 했다. 이런 말들은 모두 맞는 말이었다. 그래서 그런 마음을 접었던 것이다. 당시 우리는 한 달에 한 번씩 만나 개개인의 집에서 밥을 해서 먹었다. 낭비를 막고 실리적으로 모임을 이끌어 나갔다. 지금 익산 한국부인회의 회원은 아마 80여 명에 달하고 있지만 당시에는 20여 명으로 출범했다. 시작을 같이 했던 회원들은 무엇보다 나눔과 봉사의 정신이 투철한 사람들이었다.

한국부인회 익산지회의 경우 최대 관건은 무엇일까? 내 개인적인 사견이지만 나는 성실한 사람이 회원이 되어야 한다는 점이다. 우리 한국부인회에서는 불성실한 사람을 회원으로 영입하는 것을 가장 경계하고 있다. 이제 나이를 먹다 보니 봉사라는 것은 절대 마음속에서 우러나야 하는 것임을 깨닫게 되는데 젊을 때는 건강한 신체를 움직이는 것으로 봉사가 가능했다. 회원으로 매달 회비를 내는 일도 쉬운 일은 아니다. 희생정신, 봉사정신이 없다면 절대 이런 의미 있는 단체에 들어와서 일을 할 수가 없는 것이다. 여성들의 자주적인 힘으로 자립심을 키워주는 일을 통해서 잠재적인 능력을 개발하게 된다. 우리는 어느 한 분야에 제한되지 않고 정치, 경제, 사회, 문화, 교육, 사회복지, 양성평등 등 다양한 영역에서 합리적인 소비생활을 통한 복지사회의 실현에 기여하고자 한다. 우리들의 주요사업에서 장학 사업을 제일로 손꼽을 수가 있는데 매해 이리여고, 이일여고, 남성여고, 원광여고,

원광정보예술여고 등에 분기별로 장학금을 지급하고 있다.

또한 사회복지 시설에도 우리는 성실하게 후원하고 있다. 원광 효도마을이나 작은 자매의 집, 삼동회, 장애인 단체, 예수 수도회, 마한 노인종합복지센터 등 여러 단체와 시설에 비록 작지만 꾸준히 후원을 하고 있다. 뿐만 아니라 우리 지역의 소년 소녀 가장들을 돕는데 일정 자금을 사용하고 있으며, 불우한 이웃을 돕기 위해 해마다 2회 정도 의류바자회를 개설하고 있다. 이런 의류바자회를 통해 직접적으로 우리의 수익이 발생하고 있는데 이렇게 되기까지 많은 사람늘이 땀을 흘리고 여러 단체나 센터 등에서 장소와 상품 등을 무료로 제공해주고 나눔을 실천했기 때문이다.

그러나 어떤 단체든지 회원이 많아지면 문제가 발생하기 마련이다. 우리 역시 여러 문제가 발생하고 있는데 이런 점은 매우 가슴 아픈 대목이 아닐 수가 없다. 자금이 십시일반 모여서 지금 우리 익산 한국부인회는 상당한 자금이 적립되어 있는 것으로 알고 있다. 5천 만 원 상당액이 적립되어 있기 때문에 이것을 보관하는 과정에서 사적으로 융통해서 사용하는 것이 문제가 되었다. 사용하는 사람은 그저 며칠 융통해서 사용하고 곧 채워 넣을 생각을 하겠지만 돈이란 것이 거짓말을 하는 물질이기 때문에 마음처럼 되지 않는 법이다. 그리고 돈은 생각처럼 그대로 머물지 않고 반드시 메마르게 되어 있다. 적자가 나게 마련이라는 말이다. 개인이 사적으로 융통을 하다 보니 문제가 발생하는 것이다. 한국부인회의 자금을 불리려고 개인적으로는 애를 썼을지 몰라도 결과적으로 손해를 끼쳤다는 것은 크게 잘 못 된 부분이라고 생각한다. 공금을 개인의 명의로 넣어둔 것도 잘못이 있다. 예전에 개인이 관리를 하다가 갑자기 돌아가신 일이 발생했는데 워낙 자녀들이 훌륭한 분들이어서 원금을 자녀들이 갚은 것으로 알고 있다. 만약 자녀들이 갚지 못하고 한국 부인회 돈이란 것을 인정하지 않는다 하면 무슨 수로 받아낼 수가 있을 것인가? 그래서 공금에는 절대 손을 대서는 안 되며, 철저히 관리를 해야 한다. 회원들의 주머니에서 나온 회비며, 바자회, 후원금 등을 오롯이 정립해서 만들어놓은 우리들의 사업자금을 그 누구라도 개인적으로 유용하여 사용할 수가 없는 법이다. 어떻게 보면 이 자금은 익산시민의 따뜻한 마음에서 비롯한 자금이기 때문이다.

익산 한국부인회는 정말 자랑스러운 단체이다. 우리 회원들은 어떤 방식으로든지 우리의 도움을 많은 이들에게 주고자 하는 마음에는 변함이 없다. 간혹 도움을 주는 방식에 있어서 의견이 엇갈릴 때도 있지만 기본 마음에는 차이가 없는 것이다. 익산에는 물론 여러 단체의 봉사단체도 있고, 나눔 단체도 있다. 그러나 50년이 넘은 단체는 그렇게 흔하지 않다. 우리가 50년을 넘게 하나같이 소중한 길을 걸어온 것은 익산 한국부인회의 처음 취지가 퇴색되지 않고 분명히 섰기 때문이다. 지역의 크고 작은 일 뿐만 아니라 지역민 가운데 어려움이 있는 사람들을 찾아내어 물심양면으로 도움을 주는 일은 누가 보더라도 소중한 일이요 의미가 큰일이라 할 수 있다. 그래서 익산 한국부인회는 여전히 활동적이며 활발하게 움직이고 있고 또한 뜻을 가진 젊은 여성회

원들이 많이 입회하고 있다. 나는 초기 멤버로서 이제 나이가 들어 언제 탈퇴를 할지 모르나 마음만은 항상 그 중심에서 떠나지 않을 것이다. 내가 여러 동료들과 땀을 흘리며 봉사를 하고 오랜 세월 단체를 이끌어 올 수 있었던 것은 결코 누구 하나의 힘이 아니요 모두의 힘을 한데 모은 까닭이다. 특히 나와 같이 초기 멤버로서 활동을 해온 분들과 중간에 돌아가신 분들 또한 여타

▲ 익산 한국부인회 월례회를 마치고
(둘째 줄 좌에서 5번째가 신경희 여사)

의 사정으로 회원에서 탈퇴하거나 우리 지역에서 벗어나 다른 지역에서 또한 열심히 봉사하고 있는 분들도 있는데 이런 모든 분들에게 이 지면을 빌어 감사의 마음을 전하고자 한다. 나는 정말 지금까지 익산 한국부인회를 이렇듯 굳건히 반석위에 올려놓도

록 애써주신 분들을 기리고 싶은 마음이 간절하다. 나눔과 봉사로 일생을 바치신 분들이 우리 주위에는 여럿 있다. 그래서 이런 분들의 삶이 많은 익산 시민들에게 본보기가 되기를 바라는 마음에서 이렇게 책을 출간하여 감사의 마음 역시 전하게 된다.

우리는 익산시에 적게나마 장학금에 보태 쓰라고 기부를 하고 있다. 또한 익산시에 재난 등이 발생하면 우리는 제일 먼저 달려가서 돕고 있다. 따라서 익산시와 한국부인회는 떼려야 뗄 수 없는 관계라고 할 수 있다. 익산의 건강한 삶과 발전을 위해서 익산시와 더불어 우리 한국부인회도 많은 역할을 했다고 생각한다. 특히 재난의 현장에 우리 회원들이 발품을 팔아서 봉사를 하며 여적 의미 있는 발자취를 남겼을 뿐만 아니라 여전히 앞으로도 우리의 손길과 발길이 머물러서는 안 된다고 생각한다. 익산시에서는 이런 우리들의 공로에 감사의 뜻으로 모현동에 있는 익산시 공원에 자리를 내주어 그 공로를 기릴 수 있도록 배려를 해주었으나 의견이 분분하여 아직 답보상태에 놓여 있다. 아무튼 익산시의 이런 배려에 나는 무한한 고마움을 느낄 따름이다. 이런 보답을 받고자 우리가 열심히 노력 봉사를 해온 것은 아니지만 우리의 땀방울에 박수를 보내는 이런 일련의 성의를 어떻게 감사드려야 할지 모르겠다. 정말 이 지면을 빌어 익산시에 다시 한 번 감사의 마음을 전하고자 한다.

일을 해보니 사람이 많이 참여하면 물론 좋지만 간혹 의견들이 분분하기 때문에 일처리가 더딜 수가 있고, 또한 최선의 결과를 내어놓지 못하는 경우가 더러 있는 것 같다. 500만원의 자금을 가지고 여러 사람한테 골고루 가도록 분배해야 할 것인가 아

낀다. 롯데 백화점의 상표를 믿고 오는 이들이 많이 있겠지만 익산 한국부인회에서 롯데 백화점과 공유하여 이런 좋은 일을 하려는 취지를 알기에 그들의 발길이 이어지는 것으로 안다. 그래서 지금까지 이렇게 훌륭하고 의미 있는 일에 동참해 주신 분들에게 감사의 마음을 별도로 전하고자 하는 것이다. 간혹 언제 바자회를 하느냐는 전화를 받을 때도 있는데 꾸준히 오랫동안 마음 변하지 않고 한 가지 목적을 가지고 일을 했던 것이 이런 결과를 낳았다고 생각한다. 우리 익산 한국부인회는 예전에 이승만 대통령 며느리의 초청을 받았을 정도였다. 이승만 대통령의 양아들 부인이 한국부인회의 회원이었던 것으로 알고 있다. 그래서 우리는 기쁜 마음으로 서울에 올라갔는데 거기에서 우리는 이승만 대통령의 부인 프란체스카 여사도 만났던 기억이 새롭다. 지금도 우리들의 마음은 전혀 변하지 않았다. 어떻게 하면 많은 어려운 이웃과 사회에 도움을 전할 수 있을지를 고민하고 있다. 우리는 정말 고생을 많이 한 단체이며 어디 내어놓아도 한 점 부끄러움 없는 단체라고 자부한다.

나는 나눔과 봉사에 관심이 있는 젊은 여성들이 우리 한국부인회에 많은 관심을 가져줄 것을 이 글을 빌려 부탁드린다. 현재 우리 익산 한국부인회에서 나는 초기 창립 멤버로서 매우 고령이다. 그래서 사실 힘든 몸을 움직여 봉사하러 다니는 이런 일들이 버거울 때도 되었다고 생각한다. 그래서 나는 젊은 여성들이 많이 봉사단체를 찾아와서 회원이 되어주기를 간청하고 싶다. 현재 익산 한국부인회만 하더라도 별로 젊은 여성들이 없다. 30대 40대 여성들이 많이 부족한 실정이다. 젊은 여성회원들이 발랄하고 건강한 몸으로 활발하게 움직여서 많은 익산의 어려운 이웃들에게 봉사를 베풀었으면 얼마나 좋겠는가 생각해 본다. 이제 나와 같은 창립 멤버들은 뒷 선으로 물러날 때가 되었다. 후회 없이 한평생 봉사를 실천해 왔기 때문에 미련도 없고 아쉬움도 없으며 후회 같은 것은 더욱 없다. 우리 후배들이 이런 선배들의 진심을 받아들여 정말 익산을 지탱하는 단체로 거듭나기를 바라는 마음이 간절할 뿐이다. 또한 많은 분들이 관심을 가져주고 한데 잘 버무려서 익산뿐만 아니라 우리 대한민국을 지탱하는 그런 단체로 자리매김 되어주기를 간절히 소원하는 것이다.

제15장

진실은 항상 승리 한다, 세 번의 소송에서 모두 이기다!

벙어리 재판도 아니고 가족 간에 베갯머리송사를 벌인 것도 아니다. 엄연한 진실이 펄떡펄떡 숨을 쉬고 있는 사건이니 이런 다툼에서 패배를 했다하면 우리 사회가 문제일 것이다. 나는 이런 과정을 거치면서 더욱 진실한 삶이 소중함을 깨달았다. 그리고 진실을 숨기고 거짓을 고하는 이들은 항상 패배할 수밖에 없음을 실제로 경험을 통해서 뼈저리게 통감하게 되었던 것이다.

송사는 졌어도 재판은 잘 하더라는 말이 있다. 사람이 살면서 다투는 일이 어디 한 두 번이랴. 이런 다툼을 위해 판결이 공평해야 하는 것은 당연지사, 억울한 사람들이 나타나서는 안 되는 것이기에 우리 사회에는 이런 장치들이 충분히 있다. 하지만 더러 송사에서 져서 패가망신 하는 사람도 있고, 억울한 사람들도 있다. 그래서 사람이 살면서 가능하면 송사를 피하라는 말이 있다. 흥정은 붙이고 싸움은 말리라는 말은 그래서 생겼던 말인 것 같다. 세상을 살면서 이런 골치 아픈 다툼이 한번 있어도 힘든 판국에 나는 세 번을 억울하게 다툼을 하고 말았는데 다행히 내가 세 번의 다툼에서 모두 이겼기 때문에 진실은 항상 승리한다고 자신 있게 말을 할 수가 있는 것이다.

하기는 벙어리 재판도 아니고 가족 간에 베갯머리송사를 벌인 것도 아니다. 엄연한 진실이 펄떡펄떡 숨을 쉬고 있는 사건이니 이런 다툼에서 패배를 했다하면 우리 사회가 문제일 것이다. 나는 이런 과정을 거치면서 더욱 진실한 삶이 소중함을 깨달았다. 그리고 진실을 숨기고 거짓을 고하는 이들은 항상 패배할 수밖에 없음을 실제로 경험을 통해서 뼈저리게 통감하게 되었던 것이다. 내가 세 번 소송하여 세 번 모두 이겼다는 것을 우리 주위에서 아는 사람들은 모두 알고 있다. 주위에 가까운 분들도 내가 소송하는 것을 지켜보았으니까 말이다. 이런 일을 겪으면서 어떤 거래든지 정확히 기록을 남기고 증거를 남기는 일이 무엇보다 중요하다는 것을 새삼 깨달았다. 아무리 가까운 사이라 하더라도 반드시 증거를 남기고 가능한 증인이나 공증을 세울 수 있으면 세워야 한다는 점을 강조하고 싶다.

첫 번째 소송은 원일 메리야스 배 모 회장에게 일억을 빌려주는 과정에서 발생했다. 당시 은행에 돈 일억을 예치하면 15%, 150만 원 상당의 이자를 받을 수가 있었다. 그래서 당시 돈이 있는 부자들은 은행에 돈을 예치하고 이자를 받아 수익을 올리고는 했다. 은행에다만 돈을 넣어두느니 나는 평소 알고 지내던 원일 메리야스 배 모 회장이 회사 경영이 어려워 급히 돈을 융통

한다기에 은행 이자만 받기로 하고 일억을 빌려주었다. 물론 이런 과정에서 나는 배 모 회장으로부터 칠 천 만원, 삼 천만 원 상당의 가계수표를 지급 받았다. 그래서 내가 필요할 때 아무 때나 사용할 수 있도록 약정을 했다. 은행에서 받는 이자를 받기로 하고 이를테면 그에게 일억을 차용해준 것이었다. 그런데 서울 사는 내 쪽 친척 언니네 조카가 급히 4천만 원이 필요하다 하여 나는 가계수표 삼천을 돌려서 사용하고 나머지 천만 원은 내 돈으로 내가 보태서 보냈다. 나는 당시 원일메리야스에서 가져다가 아무개가 사천만 원 가져갔다, 알기 쉽게 이렇게 적어놓았다. 이렇게 사용한 것은 아무 때나 사용할 수 있을 때 사용할 수 있다고 약정을 했기 때문이다. 그런데 배 회장은 내가 수표를 사용하자마자 곧장 달려와서 이렇게 급히 사용한 것에 대해 매우 화를 냈다. 나는 애당초 약속한 말이 있어서 사용한 것인데 매우 기가 찼다. 그래서 나는 급히 원일 메리야스로 달려가서 4천만 원을 서울 조카한테 주었으니 6천만 원 차용증서를 써달라고 하였다. 그리고 내가 배 회장한테 받은 수표는 모두 돌려주어버렸다. 돈거래를 하여보니 형편없는 사람 같아서 그냥 당시에 더럽다는 생각이 들어 수표를 완전히 돌려줘버린 것이었다. 그 뒤에도 배모 회장은 그렇게 마음대로 가계수표를 돌리는 사람이 어디 있느냐고 계속 공격을 하고 들어왔다. 나는 애당초 내가 돈을 빌려줄 적에 언제든 필요할 때 그 가계수표를 돌려쓰기로 하고 빌려준 거 아니냐고 따져 물었다. 나중에 보니 내가 6천만 원 차용증서를 받았으니까 내가 7천만 원을 받아야 맞는 것이었다. 왜냐하면 내가 배 회장의 수표를 돌린 것은 오직 3천만 원 밖에 아니었기 때문이다. 그런데 배 회장은 6천만 원 차용증서를 써줬는데 호남털실이 천만 원을 더 내라한다고 입을 놀리고 다니는 것이었다. 그래서 나는 졸지에 6천만 원을 써줬는데 7천만 원을 달라고 한다는 파렴치한이 되어버렸다. 하는 수 없이 소송을 하지 않을 수가 없는 상황이 되어버렸던 것이다. 가만히 그의 뜻만 보고 있다가는 내가 도리어 나쁜 사람이 되어버리게 생겼다. 그래서 어쩔 수 없이 소송을 하게 되었는데 거래는 통장으로 하는 것이고 당연히 큰 거래는 증빙서류가 있기 때문에 완전히 사실이 밝혀졌다. 핵심은 내가 나중에 집행한 천만 원을 배 회장은 다 갚았다 하고 나는 아직 갚지 못해서 남았다고 하는 문제였다. 그래서 법적으로 이치를 따지고 덤비니 당연히 내가 천만 원을 받는 것이 옳았던 것이다. 내가 그에게 일억을 빌려주었는데 그의 수표를 삼천만 원만 돌려서 사용하였으니 당연히 내가 받을 돈은 칠천만 원이 맞는 것이었다. 따라서 나는 법의 절차를 통해서 그로부터 천만 원을 돌려받게 되었다. 이것이 내가 그 꺼림칙한 소송에서 이긴 첫 번째 소송이었던 셈이다.

둘째 소송은 인화동 살 때의 일이다. 이것은 익산 시내가 다 아는 일이라 할 수 있을 것이다. 우리는 인화동에서 살 때 여러 세대 세를 내놓고 살았다. 소송을 한 세입자는 전세로 양은 집을 하는 사람이었다. 그런데 전세금을 받을 때 우리는 가계수표를 하나 세입자로부터 받게 되었다. 나는 되도록 이런 종류의 수표 등은 받아서 가지고 있고 싶지 않았기 때문에 한사코 가계수표 받는 것을 거절했다. 하지만 막무가내로 그냥 표시로 받아서

가지고 있으라고 사정을 하여 끝내 받아둔 일이 있었다. 그런데 이 양은 집을 하는 세입자가 다른 데로 이사를 가게 되었는데 나는 다시 처음 받았던 그 가계수표를 되돌려주었다. 그랬더니 그 세입자는 고개를 저으면서 이게 아니라는 것이었다. 그리고 전세금을 현금으로 돌려주지 않는다고 그 세입자가 소송을 걸어온 것이었다.

"나는 당신한테 받은 수표를 다시 되돌려준 것인데 뭐가 문제입니까?"

나는 이렇게 따져 물었다. 하지만 세입자는 이 수표를 받지 않고 현금으로 전세금을 달라는 것이었다. 이유인즉슨 이 수표가 부도가 난 수표이기 때문이었다. 그래서 그 수표 임자를 수소문해 보았는데 감옥에 갔던가 보았다. 세입자가 그런 사람하고 거래를 하고 부도수표를 내고 감옥에 가 있는 사람의 수표를 가지고 장난을 쳤던 것이 분명해 보였다. 나는 그 가계수표의 발행자를 전혀 모르는 입장이었다. 세입자는 이런 정황을 미리 알고서 그것을 미끼로 고의로 그 짓을 벌였던 모양이었다. 애당초 내게 그런 수표를 건넨 자체가 문제가 있었던 것이다. 나는 당연히 그로부터 받은 수표를 그에게 돌려줄 권리와 의무가 있었다. 하지만 문제는 법정 소송으로 번지기 시작했다. 나는 분하고 매우 억울했다. 세입자에게 나름으로 많은 것을 베풀어 주노라며 살았는데 이제 와서 이런 불미스런 일에 연루된다는 것이 서글픈 일이라고 생각했다.

나는 돈의 많고 적음을 떠나서 이런 일이 일어나고 있다는 자체가 싫고 괘씸하기 그지없이 생각되었다. 그래서 악착같이 사건

▲ 심재근 원광대 대학원 졸업식 날

의 진실을 밝히려고 마음먹었다. 소송의 핵심은 내가 어떻게 감옥에 구속되어 있는 그 사람을 만나서 보증을 서달라고 하느냐의 문제였다. 하지만 나의 억울한 사정을 감안하여 법원에서는 재판 당일에 감옥에 갇혀 지내는 그 사람을 법정 앞에 나오게 해주었다. 판사가 그에게 묻기를 " 세입자 이 모 씨와 가계수표 거래를 하였습니까?" 이렇게 물어오는 것이었다. 판사의 그런 물음에 감옥에 갇혀 지낸 그 수표 명의자는 고개를 휘저었다. "그 수표에 대해서 저는 모르는 일입니다."

가계수표의 주인이 정확히 증인을 서주어서 나는 바로 이 재판에서 승소를 하게 되었다. 나는 주위 분들에게 마음을 나누어 주고 베풀어주려고 애를 썼는데도 이런 나를 역으로 이용하는 사람들도 있었다. 나는 당시 크게 깨닫고 이제 무슨 계약을 하려면 돌다리도 두드려 보고 가자는 식으로 일을 처리해야겠다는 생각

을 하게 되었다. 소송에서 이기고 나서 나는 한동안 많은 의욕이 살아졌다. 세상 사람들이 나를 이렇게 이용해 먹는다는 생각을 하니 사람들이 싫어졌다. 나는 소송에서 이겼지만 그 이 씨한테 전화를 하지 않았다. 그냥 생각하기가 싫었던 것이다. 그랬더니 얼마 뒤에 그 이 씨라는 사람한테 전화가 왔다.

"소송에서 제가 패소를 하였는데 왜 전화를 안 하십니까? 제가 비용을 변상해야 되는데요."

내게 왜 가만있느냐고 물어왔다. 나는 별로 그 사람하고 말을 섞기가 싫었던 것이 사실이다. 그래서 그냥 한 마디만 물어 보았다.

"도대체 왜 나한테 그런 짓을 하였습니까?"

그랬더니 그 이 씨의 대답이 걸작이었다. 내가 하도 좋은 양반이라는 소문을 들어서 그렇게 이용해 먹었다는 대답이었다. "아주머니가 하도 좋은 양반이라 그렇게 떼를 쓰면 돈으로 내줄지 알아서 그랬습니다." 나는 마음씨를 여리고 상냥하게 썼던 사실을 이용하는 그 사람이 밉고 꼴도 보기 싫었다. 그래서 나는 비용 같은 것 받을 생각도 없으니까 다시는 나한테 전화하지 말라고 못을 박았다. 이 소송이 내가 마음을 다치고 큰 상처를 입은 두 번째 소송에서 승소한 사건이었다. 나는 무엇보다 우리 집에서 세를 살던 가족 같은 이웃한테 이런 일을 당했다는 사실이 가슴 아팠다. 내가 금전적으로 얼마 손해를 입고 안 입고의 문제보다 이웃 간에 이런 불미스런 일에 얽힌다는 자체가 혐오스러웠다. 사람들은 자기한테 잘 해주는 사람을 이용하고 자기한테 엄하게 하는 사람은 어렵게 대한다는 것을 당시 또한 깨닫게 되었다. 그리고 가계수표의 거래는 사람의 마음을 들여다 볼 수 있는 요물 같은 마력을 지녔다는 생각도 하였다. 빈틈이 있으면 그 빈틈을 이용하려는 것이 인간의 습성이라는 생각도 들었다. 나는 그런 일이 있고서 되도록 수표의 거래를 사양했다.

　내 생애 팔자에도 없는 소송을 연달아 하게 되니 기력이 많이 소진해졌다. 나는 이제 다시는 이런 소송에 휘말리지 않으리라 마음을 다져먹었다. 내가 아무런 잘못이 없다 하더라도 어떻든지 지금 일어나고 있는 소송들은 내가 부족한 소치라고 여겨졌다. 나는 누구한테 잘못을 저지른 적도 없고 세상을 열심히 정직하게 살아왔을 뿐이다. 그런데도 자꾸 소송에 휘말리는 큰일을 겪게 되니 내 의지와 관계없이 운명적인 무엇이 존재하고 있다는 생각마저 들었다. 그리고 연이어 다시 맞닥뜨린 소송은 정말 나로 하여금 이런 운명적인 일들이 우리들 곁에는 항상 존재한다는 것을 믿어버리게 만들었다. 나는 세 번째 소송을 하게 되었던 것이다. 소송, 이제 말만 들어도 가슴이 옥죄어들곤 하는데 아무튼 나의 잘못이 없는데도 이런 소송에 휘말리게 되는 것을 보면 우리 주위에 선량한 사람들을 괴롭히고 어떻게든 이용해먹으려는 축들이 많이 있음을 미루어 짐작하게 한다.

　나는 익산에서 영종공업사라는 농방 공업사와 세 번째 소송을 하게 되었다. 영종공업사의 부인과 인연을 맺게 되어 이런 소송에 휘말렸다는 생각이 들었다. 어떻게 보면 영종공업사도 나처럼 재수가 없다고 생각했을 수도 있다. 왜냐하면 이 공업사와 나는 직접적인 관련을 맺고 있지는 않았기 때문이다. 나는 교회 권사인 친구의 남편에게 2천만 원이란 돈을 빌려주게 되었다. 친구의

남편 역시 믿음이 신실한 사람으로 교회의 직책이 장로였다. 그런데 내가 돈을 빌려주고 나서 얼마 뒤에 그 친구의 남편이 부도가 나버렸다. 2천만 원을 빌려주었는데 부도가 나버렸으니 내 심정 역시 좋지 않았다. 어떻게 돈을 받을 수가 있을지 막막한 상황이었다. 그런데 이 친구의 남편, 이제 생각해 보니 이 모 장로인데 그 사람이 영종 공업사에 계를 들고 있었던 모양이었다. 부도가 나서 서울로 올라가면서 그 영종 공업사더러 계를 타면 '호남털실' 한테 주라고 당부를 했던 모양이었다. 아들이 서울에서 약국을 하고 있다는데 이사를 가면서 그래도 빚을 갚을 생각에서 곗돈을 나한테 주어라고 당부를 했던 모양이었다.

나는 당연히 영종 공업사 계주가 나한테 이 장로님 몫의 곗돈을 줄 것이라고 생각했다. 그러나 예상과는 달리 영종공업사가 곗돈 타는 날이 지났는데도 나한테 곗돈을 주지 않았다. 그렇다고 이 장로한테 곗돈을 주었던 것도 아니다. 영종 공업사는 전혀 들은 바가 없다고 훌쩍 잡아 떼어버렸다. 영종공업사가 이 장로한테 그런 얘기를 전혀 듣지 않았다고 오리발을 내미는 것이었다. 가만 보아하니 나한테 주어야 할 곗돈을 떼어먹자는 심산이었던 모양이었다. 나는 몇 번 찾아가서 하소연을 해보았으나 여전히 오리발을 내밀면서 완전히 잡아뗐다. 그래서 하는 수 없이 소송을 하게 되었다.

소송에서 이기기 위해서는 이 장로님의 인감증명을 떼어 와야 하였다. 하지만 서울로 도망치듯 올라가버린 사람을 어떻게 만나서 또 인감증명을 받아낼 수가 있겠는가? 나는 자신감이 반으로 뚝 떨어져버렸다. 영종공업사가 득의양양한 태도를 지으면서 어디 한 번 떼어와 보시지 하고 나를 비아냥거린 것도 무리는 아니었다. 나는 그래도 희망은 잃지 않았다. 세상이 참 험하구나, 하고 생각했다. 그러면서 간절히 맘속에 기도를 올렸다. 진실은 항상 승리한다. 나는 이런 믿음을 굳건히 하고 있었다. 그래서 이 장로님의 행방에 대해 수소문하기 시작했다. 서울 남대문 가서 이 씨를 찾겠다는 심정으로 마음을 깊게 다졌다. 그리고 여기저기 수소문을 하던 끝에 소식 하나를 전해 듣게 되었다. 장로님의 아들이 서울 어디에서 약국을 경영하고 있다는 것이었다. 나는 물어물어 서울로 올라가서 그 약국을 찾아 나섰다. 당시에도 정말 믿음은 강건했다. 오직 진실과 정의는 반드시 승리한다는 믿음 하나로 무모하리만큼 힘든 싸움을 벌였던 것인데 정말 나는 응답을 받았다. 그 약국을 찾아낸 것이었고, 워낙 인품은 훌륭한 분들이어서 아무런 문제없이 인감증명을 받을 수가 있었다. 내가 인감증명을 받아가지고 와버리자 영종공업사가 깜짝 놀랐다. 막무가내로다 하려거든 법으로 알아서 하라고 큰소리치던 기상은 오간데 없고 납작 코가 깨졌다. 그래서 나는 결국 소송에서 이길 수가 있었으며, 진실과 정의는 항상 승리한다는 믿음을 더욱 굳건히 다질 수가 있었다. 이렇게 하여 나는 세 번 소송하여 세 번을 승소하는 나만의 기록을 남기게 되었는데 이렇게 되고 보니 국제전광사의 부도로 엄청난 자금 손실을 보게 되었던 것이 한이 남는다. 개인이 아니기 때문에 기업을 상대로 소송을 하여 승소하기란 결코 쉬운 일이 아니기 때문이다. 당시 나는 무너져 가는 국제전광사를 일으켜 세우기 위해서 다른 사람들은 일정 부분의 돈을 돌려받고 있는 상황에서 나는 끝까지 더 증자를 하여 지킬

생각을 하다가 결국 더 큰 손실을 입게 되었던 것이다. 지나가면 인간이란 참 특이한 종자라는 생각이 든다. 인간만이 이렇게 다른 사람에게 손실을 입힐 수 있는 종류인지 모른다는 생각이 들었다. 당시 그 부도만 막을 수 있었다면 지금 나는 매우 의미 있게 학교를 설립하여 지역사회의 교육환경에 크게 도움이 되었을 것이라고 생각한다. 이제 모두 지나간 일이지만 씁쓸한 마음은 달랠 수가 없다.

세(貰) 안 올리는 집

내가 만난 모든 분들이 나의 스승임을 이제 깨달을 수 있을 것 같다. 정말 나를 알고 계신 분들이나 나와 같이 일을 했던 분들이나 오늘도 나와 같이 같은 공간에서 숨을 쉬는 사람들은 내게 가장 소중한 분들임을 이 책을 통해 고백하고 싶다. 나는 결코 이들을 잊지 않으리라 약속할 것이다.

지난 1970년대 전후로 우리는 개발 붐이 일기 시작했다. 우리 나라처럼 짧은 기간에 잘 사는 나라로 변신한 나라는 전례가 드물다고 한다. 항상 도움을 받던 나라에서 이제 도움을 주는 나라가 되었으니 특히 나처럼 인생을 오래 살아온 사람이라면 그 감회는 더욱 남다를 것이라고 생각한다. 우리는 어린 시절부터 먹을 것 못 먹고 입을 것 못 입고 어렵게 그 시절을 넘어오고 버텨 왔으니 말이다. 흑백사진이 판을 치던 시대, 텔레비전을 볼 수 있는 집이 흔하지 않던 시절이다. 달걀 하나의 사랑이 그리운 날이 대부분이고 연탄 한 장으로 사랑을 전할 수 있는 시절이 바로

1970년대 전후한 시대라고 생각한다. 학교에 다니는 아이들도 운동화 보다는 고무신을 주로 신고 양말 한 켤레를 설 명절 선물로 받고 기분이 좋아지던 시절이었다. 치약도 소중하고 비누고 소중하고 뽀빠이 같은 사탕은 지금 아이들은 거들떠도 보지 않겠지만 당시 우리는 그 뽀빠이만 있으면 배가 불렀다. 손이 절로 주머니 속으로 들어가 뽀빠이 십 원 자리를 열심히 먹었다. 건빵을 물에 불려서 먹고 학교에서는 거칠던 밀가루 빵을 구워서 학생들한테 점심으로 배급하던 시절이다.

우리는 인화동에서 상당히 큰 집을 지니고 살았다. 건평이 2백 평이 넘었고 건물 두 채를 지니고 살았는데 한 채는 대부분 세를 내주었다. 양쪽 100평 씩 이백 평이 넘었는데 해태제과도 들어와 있고 화장품 가게며 이발소 등도 세를 들어 있었다. 나는 지금 생각해 봐도 내가 당시 여자로서 어떻게 그런 생활을 할 수 있었는지 이해가 되지 않는다. 그저 당시를 생각해 보면 악착같이 살아서 대견하다는 말 밖에 나오지를 않는다. 이것은 정말 진실이다. 하루도 허투루 살지 않았다. 나는 여러 세대에 세를 내준 주인으로서 항상 이런 신념을 지니고 살았던 것 같다. 나보다 어려운 이웃들을 편안하게 내 집에서 살게 해주어야지 이런 마음을 지니고 있었던 것이다. 그래서 되도록 우리 집에 세를 들어 사는 세입자들을 어떻게 하면 편하게 살 수 있도록 해줄까 나는 항상 배려를 했다. 당시에 보면 있는 사람들은 어떻게 하든 한 푼이라도 많이 세를 받으려고 안간힘을 쓰는 것 같았다. 하지만 나는 그런 욕심이 생기지 않았다. 비록 세를 내주어도 세입자들이 편안하게 살기만을 정말 바랐던 것이다.

당시에는 세입자와 주인 사이에 어떤 특별한 약조 같은 것이 없었다. 무엇보다 세입자에 대한 보호법이 지금처럼 이렇게 확고하게 자리 잡고 있지 않았다. 지금은 주인 마음대로 세입자를 내보낼 수도 없고 마음대로 세를 올려버릴 수도 없지 않은가. 하지만 당시만 하더라도 가진 자들은 마음대로 갖지 못한 자들한테 위용을 부릴 수가 있었다. 수틀리면 내보내면 그만이라고 생각하는 주인들이 많았다. 세를 살면서 확정일자를 받으면 기본적인 액수가 경매의 상황에서 보장되는 오늘날의 법칙은 생각도 할 수 없는 영역이었다. 그래서 세입자들의 신분은 항상 불안했다. 그리고 무엇보다 주인 마음대로 세를 올리는 것이었다. 세입자는 언제 주인이 집세를 올릴지 모르는 상황에서 항상 불안한 생활을 하는 경향이 많았다. 지방이라고 예외는 아니었다. 지방에도 알짜 부자들이 많아서 행세를 하는 이들은 행세하는 것을 좋아했다. 이를테면 주인행세를 하느라고 세입자들을 못살게 구는 축들이 많았다는 말이다. 나는 적어도 있는 축에 들었으나 이들처럼 세입자들한테 못살게 굴지 않았다. 내 철칙은 앞에서도 언급하였듯이 우리 집에 세 들어 사는 사람들이 가장 편안하고 마치 한 집안 식구들 같은 마음으로 살 수 있도록 배려하는 것이었다. 그리고 나는 철저히 이런 나의 수칙을 지키려고 애를 썼다.

나는 그 누가 우리 집에 세를 들어오더라도 처음 계약한 그대로 나갈 때까지 살게 하였다. 말하자면 한 번도 집세를 올리지 않았다는 말이다. 그래서 우리 집의 별호가 '세 안 올리는 집'이었다. 당시 우리 집에 세를 들어와 사는 사람들은 선택받은 사람들이라 하였다. 이렇게 호의를 베풀어 주니 대개 세를 들어 사는 사람들은 오래오래 우리 집을 떠나가지 않았다. 이 말은 결국 이들이 돈을 벌 수 있는 구조를 만들어 주었다는 것과 같다. 정말 당시 우리 집에 살면서 돈을 벌어 나간 사람들이 부지기수였다. 그래서 십 년을 살다가 나가는 사람들도 많았다. 십년 더 살다간 사람도 있고 십년 덜 살다간 사람도 있었다. 우스갯소리로 타관에서 우리 집을 찾으려면 '세 안 올리는 집'이 어디냐고 물어서 찾아왔을 정도였다. 지금 생각해 보니 이 또한 선행을 실천한 것이라고 생각된다. 그래서 내가 살아온 길이 하나도 후회되는 일이 없어서 정말 이렇게 글을 쓰면서도 뿌듯한 마음이 든다.

언제인가 한 번은 지금 사는 집에 인화동 사는 한 여자 손님이 찾아왔다. 자세히 보니 우리 집에 예전에 세를 살던 분이셨다. 기억을 더듬어 보니, 탁구장을 하던 사람인데 나는 몹시 반가웠다. 옛날 애들 네 명인가를 키우면서 우리 집에 살았던 것으로 기억된다. 애들이 엄마를 닮아서 아주 예뻤던 기억이 있다. 그런데 무슨 일로 이렇게 불쑥 찾아왔느냐고 물었을 때 그 여자의 대답이 나를 다시 놀라게 만들었다.

"예전 인화동 살 때 주인 아주머님이 단 한 차례도 우리 아이들한테 큰소리를 치지 않았잖아요. 세상이 척박해 정신없이 살다 보니 옛날 생각할 겨를도 없었는데 이제 살만큼 살다보니 주인아주머니가 보고 싶었답니다. 도대체 어떻게 생기신 분이기에 부잡한 아이들이 넷이나 되는데도 우리한테 큰소리 한번 치지 않으신 분일까 다시 한 번 보고 싶어서 들렀습니다."

이렇게 대답하는 것이었다. 그리고 내 손을 부여잡으며 정말

감사하다고 거푸 말을 하는 것이었다. 자기애가 미쓰 코리아가 되었다고 했다. 나는 눈물이 날 정도로 가슴이 울컥 하였다. 내가 베푼 것은 아주 작은 것인데 잊지 않고 이렇게 찾아주신 것에 대해 몸 둘 바를 몰랐다. 또한 아이들이 잘 자라 훌륭하게 되어서 정말 내가 오히려 고마운 마음뿐이었다. 내가 베푼 작은 것이 이렇게 늦게라도 훈훈한 마음으로 내게 다시 돌아오는 것을 볼 때 정말 가슴이 벅찼다. 나는 당시 경로당을 설립해 놓고 크고 작은 사건들이 불거져서 마음이 크게 상한 상태였는데 이런 분이 찾아와서 크게 위로가 되었다. 세상이 꼭 냉정하고 나쁘지는 않다는 것을 다시 한 번 깨닫게 되었다. 그리고 세상은 베푼 대로 반드시 되돌아온다는 사실도 터득할 수 있었다. 세상은 나만 열심히 진실하게 살면 어떤 거짓과 비난도 발을 붙이지 못할 거라는 믿음도 크게 생기는 것이었다. 그래서 인생이란 누구나 한 번 정직하게 산다면 살아볼 만은 하다고 나는 아직도 생각하고 있다. 하지만 어떤 부정이나 반칙이나 위반으로 인생을 살면 허무한 것임을 명심해야 한다고 또한 생각한다. 반드시 세상은 대가 (代價)도 있고 벌칙도 있다고 나는 생각한다. 그래서 인생은 진실한 것이며, 진실한 인생만이 이 땅에 발을 붙일 수가 있는 것이다. 비록 거짓으로 남을 속여 현재는 잘 살고 있다 하더라도 언젠가는 그에 대한 혹독한 대가를 받는 것이 진리이다.

나는 '세 안 올리는 집'이란 별호를 무척 좋아한다. 물론 자랑스럽게 생각하고 있다. 내가 아니라 다른 사람들, 주위의 이웃들이 붙여준 별호이기에 더욱 값지고 소중하다는 생각이 든다. 나를 이웃들이 어떻게 평가 하느냐가 바로 이 별호에 담겨 있기 때문이다. 그래서 나는 오늘도 이웃들에게 좋은 사람으로 남기 위해 최선을 다해 마음을 열면서 살아가고 있는 것이리라. 이 지면을 빌어 혹시 우리 집에 세를 들어 사신 분들이 건강하고 행복하게 사시기를 바란다. 나와 인연을 맺은 자체로 나는 그들이 내 생애에 매우 소중한 분이라는 것을 알고 있다. 그 어떤 분들도 나와 그런 인연을 맺었다면 소중하지 않은 분이 없다. 어쩌면 내가 오늘 이렇게 여유 있는 마음으로 지난 삶을 정리할 수 있었던 것도 내가 만난 모든 분들이 훌륭한 분들이기 때문에 그러지 않았을까 생각해 본다.

내가 만난 모든 분들이 나의 스승임을 이제 깨달을 수 있을 것 같다. 언제 기회가 되면 다른 것은 몰라도 우리 집에 세를 들어 사셨던 분들을 만나 조촐한 저녁식사라도 하면서 지난 추억을 더듬어 보고 싶다. 정말 나를 알고 계신 분들이나 나와 같이 일을 했던 분들이나 오늘도 나와 같이 같은 공간에서 숨을 쉬는 사람들은 내게 가장 소중한 분들임을 이 책을 통해 고백하고 싶다. 나는 결코 이들을 잊지 않으리라 약속할 것이다. 그리고 이들을 위해 비록 힘이 될지 모르지만 오래오래 기도를 드리고 싶다. 건강하고 행복하시기를......

내 별호는 몰라 박사에 시래기 먹는 것을 좋아한다

가족이란 것이 반드시 피를 나눈 사람들만이 가족이라 할 수 없다. 아무리 피를 나눈 관계라도 곁에 없고 만날 수 없다면 아무런 소용이 없는 것과 같다. 비록 피를 나눈 혈연은 아니라도 항상 곁에서 힘이 되어주고 외로움을 함께 나눌 수 있는 사이가 되는 것이 더욱 좋은 가족이라 나는 생각한다.

내 자신을 가만히 분석해 보면 나는 참 무던한 사람인 것 같다. 무엇보다 사람들과 어울리는 것이 수월하지 않다. 내가 말을 많이 하는 것도 아니고 사교성이 좋아서 금세 정이 들어 사귀지를 못한다. 지금까지 남들 좋아한다는 술 한 잔 누구하고 마셔본 적이 없을 것이다. 이런 점은 내가 세상을 살아오는데 불편한 점으로 작용했을 거라고 생각한다. 시원한 성격의 사람들은 고민이 있어도 남에게 쉽게 털어놓고 하기 때문에 쉽게 극복을 할 수가 있는데 나는 누구와 이렇게 쾌활하게 어울리지를 못하기 때문에 고민도 혼자서 하는 것이 습관이 되었던 것 같다. 누가 술을 한

잔 따라주면 받아먹는 시늉이라도 해야 하는데 나는 그렇지를 못하는 성격을 지녔다.

나는 원리원칙을 따지기 좋아한다. 일찍부터 독립적인 생활을 해야 하였기 때문에 이런 원칙을 중시하지 않았다면 오늘의 내 자신도 아마 없었을 터이다. 그래서 나이가 든 지금도 주위 사람들과 원활하게 어울려 살지는 못한 듯하다. 이런 내 성격을 나는 숙명적으로 받아들이고 산다. 어떻게 생각해 보면 이렇게 철두철미한 성격 탓에 내 길을 지키면서 걸어오지 않았나 싶다. 그렇다고 내가 도도한 사람은 아니다. 항상 마음을 내려놓고 상대를 배려하는 성격이라 해야 오히려 옳을 것이다. 앞에 설치며 나서는 성격이 아니라서 그렇다. 하지만 누군가 옳은 일을 하려고 하면 나는 묵묵히 뒤에서 후원을 하는 스타일이다. 말하자면 튀려고 하지 않는다는 말이다.

옛날 집세를 안올리기로 유명한 것도 아마 이런 성격과 무관하지는 않을 것이다. 나는 자꾸 무엇인가 변동하기 싫어하는 스타일인 모양이다. 그래도 인생의 의미를 찾기 위해 무엇을 내가 주위에 도움 줄 수 있는지 찾아보았던 적도 있지만 근본은 조용하며 변화를 싫어하는 스타일이 맞다. 새로운 것에 도전하는 것을 그다지 좋아하지 않는다는 말이 된다. 그리고 나는 별호가 몰라 박사이다. 어느 순간 내가 사람들과 살면서 몰라 박사라는 별호를 지니고 있었다. 그저 누가 뭐 좀 아세요? 이렇게 물으면 자연스럽게 몰라요, 하는 말이 튀어나온다. 갑갑하고 융통성 없는 성격으로 보이게 될지 모르겠다. 하지만 나는 이런 별호가 싫지 않다. 또 딱 맞는 별호인 듯하다. 나는 정말 되돌아보면 뭘 잘 아

는 것이 없다. 누가 뭘 물어오면 자꾸 모른다고 하니까 사람들이 나를 이렇게 부르는 것일 게다. 정말 세상사를 보면 나는 모르는 것 투성이다. 내가 잘 아는 것이 별로 없다. 나는 오직 일을 해왔을 뿐이다. 땀을 흘려 일을 하면 그 땀에 대한 수확이 돌아온다는 사실은 안다. 그래서 오직 묵묵히 일을 했던 것 같다.

내가 비록 아는 것은 많지 않지만 무엇이 옳다는 것, 인생이 어떠해야 옳은가, 이런 정도는 사리 분별을 할 수 있다. 인간 사이에 어떤 정이 오고 가야 하고 어떻게 이웃들과 살아야 하고 우리 사회와는 어떻게 소통해야 하는지 중심은 있다. 내가 이런 중심마저 없으면 몰라 박사라는 별호가 그저 우스갯소리 밖에 되지 않을 것이다. 이렇게 별명을 불러도 내가 화가 나지 않은 것은 사람들이 나를 결코 바보로 생각하지 않는다는 점 때문이다. 그저 듣기 좋고 긍정적인 이름의 별호라고 나는 생각한다. 그래서 이웃들과 지인들에게 더욱 친근감 있게 다가설 수 있는 계기가 되지 않을까 생각한다. 내가 자꾸 모른다고 하는 것은 이제 복잡한 세상일에서 어느 정도 격리되고 싶은 마음도 있을 것이다. 지금까지 너무 세상의 중심에서 열심히 살아왔기 때문에 이제 조금 쉬고 싶은 것인지도 모른다. 오늘을 위해 열심히 일을 하였고, 일의 대가로 이웃과 사회에 봉사를 할 수 있다는 것이 매우 다행스럽다고 생각한다. 그래서 나는 지금까지 걸어온 길, 살아온 방식을 후회하지 않으며 오늘도 후회 없이 하루를 열심히 살아가고 있다.

나는 살아오면서 내 입을 호사스럽게 대접해 주지 못했던 사람이다. 먹는 것이 화려하지 않았다는 말이다. 물론 고기를 먹는다고 호사스런 식사라고 얘기할 수는 없을 것이다. 하지만 나는 거의 고기를 먹지 않고 특히 좋아한 것 중의 하나가 시래기다. 그래서 우거지 밥을 좋아한다 하면 전혀 틀린 말이 아닐 것이다. 우리 익산 사람들은 시래기를 시라구라고 하는데 나는 이 말이 참 정겹게 느껴진다. 시래기에 버금가는 것은 콩나물밥이다. 나는 콩나물을 비벼서 먹거나 콩나물을 넣고 밥을 지어 먹을 때의 그 담백한 맛을 좋아한다. 또 무를 다근다근 잘게 썰어서 밥을 지을 때 섞어서 만든 무밥을 무척 좋아한다. 무나물을 무쳐서 비빔밥을 해먹는 것도 물론 좋아한다. 이런 음식들을 입에 넣는다면 결코 입이 호강하는 밥은 아닐 것이다. 따라서 입을 호사스럽게 하고 살아오지 않은 것은 분명한 일인데 내 삶이 이렇게 소박했다는 말로 대변할 수 있을 것이다. 사람이 먹고 살자고 사는 것이나 지금도 나는 먹는 것에 크게 비중을 두고 사는 것 같지는 않다. 그저 있는 반찬에 김치에 시래기를 걸쳐서 먹거나 시래기국을 끓여 먹으면 제일로 좋은 것 같다. 혼자서 먹는 조촐한 반찬이나 이 반찬이 내게 들어오기까지의 과정을 생각하면 농사를 짓는 사람들로부터 유통을 하고 시장에서 최종소비자한테 판매를 하는 사람에 이르도록 고생하지 않은 사람이 없을 것이다. 내가 유별나게 이런 과정을 따지는 사람은 아니지만 이제 인생의 막다른 고비에서 살아보니 이렇게 하나하나 모든 것이 소중하다는 생각이 드는 것이다.

그래도 요즘의 즐거움 가운데 하나는 경로당 사람들과 같이한 밥상을 받는 것이다. 혼자서 조촐하게 먹는 것은 외롭기 그지없다는 생각에는 변함이 없다. 내가 아무리 혼자 있는 시간이 많

▲ 심영순 가족사진

다고 하더라도 밥을 먹는 일까지 혼자라는 것은 조금 서글픈 일
이 아닐 수가 없다. 나도 이제 정말 나이를 많이 먹은 모양이다.
옛날에는 이런 생각이 들지 않았는데 요즘에는 자꾸 혼자라는 것
에 대해 많은 생각을 하게 된다. 노인 혼자서 살다보면 언제 어
떤 상황에 빠지게 될지도 모르는 일이다. 그래서 경로당에 함께
생활하면 이런 위험에서 자유로울 수도 있고 더불어 의지하고 위
로하며 살게 되니 삶의 질이 훨씬 나아진다는 것은 기정사실이
다. 나는 그래서 요즘에는 경로당 어르신들과 같이 어울리는 것
을 좋아한다. 이렇게 한 식구처럼 어울리고 살다보니 깊은 정도
들고 날마다 보던 얼굴이 어느 하루 보이지 않으면 걱정도 되고
그런다. 이런 것이 사람 사는 세상이고 잔정이 아닐까 생각한다.
　또한 독거노인들의 경우 혼자라는 생각에서 벗어나게 된다.
가족이란 것이 반드시 피를 나눈 사람들만이 가족이라 할 수 없

다. 아무리 피를 나눈 관계라도 곁에 없고 만날 수 없다면 아무런 소용이 없는 것과 같다. 비록 피를 나눈 혈연은 아니라도 항상 곁에서 힘이 되어주고 외로움을 함께 나눌 수 있는 사이가 되는 것이 더욱 좋은 가족이라 나는 생각한다. 나는 경로당 어르신들이 지친 육신을 이끌고 와서 비록 지닌 것 없고 큰 여유는 없어도 서로 의지하며 같이 웃음을 나눌 수 있는 것을 볼 때 뿌듯한 마음이 든다. 소소한 자리에서 화투를 치며 소일하며 맘껏 웃는 것을 볼 때 정말 건강한 삶이 별거 아니라는 생각이 든다. 사는 것이 뭐 그렇게 대단하랴. 그저 이웃들과 서로 돕고 나누면서 어렵고 힘이 들 때 힘이 되어주는 사람들과 한데 어울려 사는 것이 최고가 아니랴. 각자 살아온 삶이 다르고 살아온 모습도 다르고 생긴 모양새도 다르다. 그 다르다는 것을 우리는 각자 인정할 때 상호 소통할 수 있는 환경이 이루어지는 것 같다. 지위의 높고 낮음도 재산의 많고 적음도 명예의 유무 등 어느 것도 여기에서는 중요하지 않다. 그저 함께 가족처럼 산다는 그 의지가 있을 때 최고의 자리가 되는 것이라고 생각한다.

후손을 위해 나무를 심는다는 사람들을 보면 존경하는 마음이 크다. 나 보다 후세에 누릴 누군가를 위해 자신을 희생하는 모습이 거기에는 있다. 우리는 반드시 산에 있는 나무나 뒤란에 있는 눈에 보이는 나무가 아니라도 마음속에 있는 보이지 않는 나무를 누군가를 위해 심는 마음을 지닐 때 훗날 다른 사람들에게 어떤 가치를 나눈 셈이 된다. 지금까지 살아온 길을 더듬어 보면 내가 사는 세상은 단지 우리들이 열심히 살았던 세상도 맞지만 그 보다 우리의 선조들이 열심히 살아서 물려준 세상이라는 생각을 함

에 감사의 마음을 절로 느끼는 것이다. 이런 마음으로 나는 앞으로 남은 삶을 살면서 인생의 최후를 마칠 생각이다. 이런 마음이 무뎌지지 않도록 항상 마음을 가다듬으면서 살아갈 것이다.

비록 자신이 아는 것이 없고 가진 것이 없다고 작아질 필요는 없다. 길가에 굴러다니는 작은 조약돌 하나 역시 존재의 의미는 있는 것이다. 돌멩이라고 세상에 소용되지 않으란 법은 없지 않은가? 자갈이 없었다면 세상의 집들이 과연 존재할 수 있었을까? 머리를 뭉툭하게 얻어맞은 작은 못들이 없었다면 과연 아름다운 통나무집들이 자태를 뽐내며 서 있을 수 있는 공간이 있을까? 나는 문득 이런 생각마저 하게 된다. 무지렁이로 내가 산다 해도 하루하루 애써 살아가려는 그 의지는 엄청나게 소중한 것이며, 어느 누구한테는 그 것이 인생의 모든 것이 되는 것이다. 그래서 우리는 언제 어느 곳에 있든지 자신 있게 자부심을 갖고 살아갈 필요가 있다는 생각을 하는 것이다.

제18장

생각할수록 잘 했다고 생각되는 일

　내가 지금까지 살아오면서 나누고 베풀었던 일이나 이웃들과 함께 했던 일들은 정말 아무리 생각해도 잘했다고 생각한다. 후회되는 것이 어떻게 하나라도 없을 수야 있을까마는 가만히 방에 누워 지난날을 돌이켜 보면 정말 내가 걸어온 길이 크게 부끄럽지 않고 오히려 잘 했다는 생각이 든다. 내가 살아온 후회 없는 일들에 대해 여기에 기록하려고 하면 끝이 없을 것이지만 나는 마지막 남은 생애에도 잘 살았다고 자부할 수 있는 삶을 살고 싶다.

　사람이 살면서 후회 없이 살기란 결코 쉬운 일이 아니다. 나도 말은 담대하게 후회 없는 삶을 살았다고 말은 하고 있지만 순간순간의 일을 더듬어 보면 어찌 후회 없는 삶이 있으랴. 나는 남편이 떠난 이후에 간혹 내가 당시 남편한테 왜 그렇게 하였을까? 하는 반성을 했던 적이 있다. 반성이란 후회를 동반하는 일이 아니랴. 그래서 후회 없는 삶을 살았다고 자신 있게 말하는 것은 어찌 보면 남의 눈에는 거만하게 비쳐질 수도 있을 것이다. 나 역시 후회 없이 살고 그렇지 않고는 이제 와서 뭐가 그리 대단한 것은 아니라고 생각한다. 인생을 마무리해야 하는 시점에 있기 때문이다.

그래도 어떤 일들은 내가 아무리 생각을 해도 잘 했다고 생각되는 일들이 있다. 남편한테 따뜻하게 다가서지 못하고 항상 거리를 두었던 당시의 일은 정말 후회가 될 때도 있었다. 젊은 시절의 나와 지금의 나는 물론 입장이란 것도 다를 것이다. 인륜이며 윤리적인 것들을 떠나 입장이란 것은 현실을 최대한 반영하지 않을 수가 없는데 이제 아무리 그리워한들 만날 수 있는 사람이 아니기 때문이다. 나는 남편과 이미 30여 년 전에 사별을 했다. 이제 남편을 따라 가야 할 날이 아주 멀리에 있는 것도 아니다. 그래서 이렇게 혼자서 마음을 다잡고 있는 줄도 모를 일이다. 돌아가신 남편한테 살아계실 때 좀 더 따뜻하게 해주지 못한 것은 정말 후회스럽다. 이런 심정은 전혀 숨기고 싶지 않다. 내가 너무 외골수로 살아서 남편을 멀리하고 부러 등을 보이며 돌아누운 당시의 내 행동에는 분명 문제가 있었다고 생각한다. 그러나 후회하여도 이제 다 지나간 일이요 소용없는 일이잖나.

그래서 나는 생각할수록 잘 했다고 생각되는 일로부터 위로를 삼고 싶은 줄도 모른다. 정말 아무리 생각해도 잘 했다고 생각하는 나의 판단이 정말 맞는 것인지 아니면 편견에 휘둘린 것인지 그 진실은 알 수가 없다. 그러나 내가 한 점 부끄러움 없이 당시의 내 행동에는 자부심을 느낄 수가 있기에 나는 정말 후회 없는 일이었다고 생각한다. 잘 했다고 자신 있게 말을 할 수 있는 것은 그 일이 여전히 의미도 있고 가치도 있기 때문이다. 나는 당

시 내 주위에 살았던 한 분에 대해 존경심을 갖게 되는 일이 있었다. 왜 내가 그 분에 대해 존경심을 갖게 되었던 것일까? 내 이웃에 사는 분의 효성에 감동을 받았기 때문이다.

효부상을 만들어 주다

나는 비교적 엄격한 집안에서 어린 시절을 보냈다. 학교에서 정식으로 받은 교육은 크게 없지만 집안 어르신들의 말씀 하나하나는 내게 커다란 가르침이 되었다. 지금 기억에도 부모님들이 가장 강조하신 점은 효에 관한 것이었다. 인간에게 가장 중요한 것이 효라는 사실을 모르지는 않는다. 하지만 당시 훈장을 하시는 외할머님이나 내 부모님들은 모든 것의 기본이 효에서 시작하는 거라고 하셨다. 어떤 사람이 아무리 훌륭하여도 부모한테 효를 실천하지 못하면 그는 인생을 헛산 것과 같다고 하였다. 물론 옛날에 인격수양의 근본이 되는 서책에서도 효가 백행의 근본이란 말을 하고 있지만 말이다. 나는 특히 주위 환경이 엄격함 속에서 있었기 때문에 수없이 효의 중요성을 인식하고 살았다.

외할머니가 서당 훈장이란 것은 당연히 이런 환경이 있었음을 입증하는 셈이다. 이런 환경 속에서 내 어머니 역시 극진히 어른들께 효도를 하였기 때문에 효부상을 받았던 것으로 알고 있다. 어머니가 외할머니를 모시고 살았던 것은 다 이유가 있다. 훈장처럼 까다로운 분이 어디 있었을까? 그 까다로운 외할머니의 성품을 우리 어머니께서 모두 받아주신 것이었다. 다른 자식들은 받아주지 못해도 우리 어머니는 모두 받아주셨다. 외할머니가 딸 일곱을 낳았지만 그 중 어머니가 외할머니를 모신 것을 보면 얼마나 효성이 극진했는지 알 수가 있다. 더욱이 우리 어머니는 막내딸이었던 것이다. 나는 그래서 젊은 사람들이 어른을 공경하고 부모님께 효도하는 것을 보면 침이 마르도록 칭찬을 아끼지 않는다. 어떻게든 그 효도하는 마음을 기려주고 싶은 마음이었다. 효성은 일부러 드러내지 않아도 저절로 빛이 나서 남을 감동시킬 수가 있다. 내가 효부상을 만들 수밖에 없는 이유이다.

우리 집에 간혹 다니는 옆집에 사는 아주머니가 있다. 나는 처음 그녀가 골목길에서 시어머니를 옆에서 알뜰하게 붙잡고 걸어가는 모습을 보았다. 그런 모습을 보고 내 마음 속에서 저절로 저 분 참 되었다는 생각이 들었다. 늘 지켜보았는데 하나같이 시어머니를 모시고 병원에 오고 가는 것이었다. 나는 그 아주머니한테 매우 고마운 마음이 들었다. 시어머니한테 이렇게 정성들여 효를 하는 며느리가 요즘 천지에 얼마나 되겠는가. 나중에 알고 보니 그 아주머니는 자식 교육도 참 잘 시킨 분이었다. 자식들이 명문대에 다니고 의대에도 다니고 했었다. 나는 그 아주머니를 만나 얘기를 나눌 기회가 있었다. 가정이 이렇게 잘 되었으니 교회에 다녀야겠다고 농담 삼아 얘기를 했다. 그런데 그 아주머니가 정말 교회를 나오는 것이었다. 다른 사람들이 아무리 전도를 하려고 해도 교회에 나오지 않았는데 내 말을 듣고 망설이지 않고 교회에 나왔던 것이다. 나를 신뢰하는 그 마음 역시 매우 고맙게 여겨졌다. 나를 따라서 교회를 나오다니 이 얼마나 벅찬 감동인가 말이다.

나는 교회 목사님한테 아주머니의 효행을 자랑했다. 물론 목사님 역시 매우 기뻐하셨다. 우리 교회에 나오는 신도가 이렇게 효부였다니 당연히 자부심을 느끼지 않았으랴. 나는 목사님과 효자상을 하나 만들어 주자고 상의했다. 취지는 좋은데 상품 등은 말을 하지 않아도 부담스런 대목이었을 것이다. 나는 빨리 상황을 파악하고 상품을 위해 사용하라고 나는 100만 원을 교회에 드렸다. 우리 제일 교회에서 좋은 일을 한 번 하자. 당시에는 이렇게 생각하고 우리는 뿌듯한 마음으로 효자상을 만들어서 이웃집에 사는 아주머니한테 효자상을 내려주었다. 상품은 내가 마련해준 백만 원으로 만들어주었다. 이때부터 제일교회는 매년 효자상을 선정해서 주는 역사를 지니게 되었을 것이다. 나로서는 정말 보람 있는 일이 아닐 수가 없다. 당시 그 아주머니는 내가 효자상을 만들어서 백만 원을 헌납하여 상품을 만들어주었던 사실을 알지 못했다. 아마 지금도 그런 내막까지는 모를 것이다. 지금 그 아주머니의 신앙은 매우 깊고 신실해서 주일성수 잘 하고 열심히 살아가고 있으며, 권사님이 되었다. 결코 적은 나이가 아닌데도 중학교 고등학교 과정 다 마치고 또 대학과정 공부도 한다고 하니 정말 본보기가 되는 분이다. 시어머니한테 효를 실천하던 분이라 나이가 드신 지금의 삶을 봐도 존경할 만한 대목이 많이 있다. 나는 지금까지 내가 그 돈을 교회에 주어서 효자상을 축하해 주도록 했다는 사실을 말해주지 않았다. 자녀들도 모두 장성하고 성공해서 행복해 하는 모습을 볼 때 나 역시 지난날의 만남을 생각하며 뿌듯한 마음이 들곤 한다. 이웃으로서 같은 교회 신도로서 정말 어디에 내다 놓아도 부끄럽지 않고 자랑할 만한 내 이웃이다. 나는 가만히 저녁을 먹고 마당에 나와 잠시 옛날 일들을 더듬을 때면 바로 이 분의 모습이 가장 먼저 떠오르곤 하는데 이런 분이 이웃이 되어서 매우 기쁘기 그지없다. 나는 아무리 생각해 봐도 내가 당시 백만 원을 투자하여 효자상을 만들었던 일이 정말 잘한 일이라고 생각한다. 사람은 누구나 보리쌀 한 되의 욕심은 지니고 살아갈 것이다. 나 역시 마찬가지다. 백만 원이 결코 지금도 적은 돈은 아니지만 좋은 일에 사용하여 그 끈으로 효자상의 명맥이 유지되고 있으니 정말 그렇다. 우리 교회에서도 매년 다른 좋은 일도 있지만 가장 근본이 되는 효자상을 선정해서 집행하는 일을 매우 자랑스럽게 생각하는 모습을 볼 때 후회 없이 잘 했다는 생각이 드는 것이다.

신체기증을 하다

우리나라에는 다른 사람의 신체기증을 통해서 새로운 삶을 살아갈 수 있는 사람들이 상당히 많다고 알고 있다. 특히 간이나 신장, 각막 같은 장기부위는 그 공여자의 수가 부족해서 많은 어려움에 처해 있다고 한다. 현재 간이식은 급성 간질환 환자에게 절대적으로 치료한 방법으로 인정받고 있다. 지난 80년대 까지는 이식환자의 70% 이상이 수술을 하고 얼마 되지 않아 사망한 것으로 나타났는데 이제 강력한 면역억제제가 이식을 하는데 도입되면서 그 효과가 크게 향상되었다고 한다.

우리나라의 경우 지난 88년에 국내 최초로 뇌사자의 간이식을

성공적으로 시행하였다. 시간이 지날수록 의료기술이 발전하여 생체 간이식은 물론 분할 간이식도 성공적이라고 한다. 그럼에도 뇌사자에 관한 법이 없어 어려움을 겪다가 지난 99년도에 뇌사자에 관한 법이 제정되었고 뇌사자의 장기를 이식하는 문제가 법적으로 보호를 받게 되었던 것이다. 지금은 국립장기이식관리센터까지 발족이 되어 장기 수요자에 대한 공정한 분배를 원칙으로 관리하고 있는 실정이다.

우리 대한민국은 가족들이 즐거운 마음으로 간을 기증하고 있다. 가족이나 친척 사이에 이루어지는 간이식의 경우 이를 생체 간이식이라 하는데 전체의 80% 이상을 차지한다고 한다. 우리는 지난 몇 년 동안 비약적으로 질적 양적으로 발전을 거듭해 왔다. 20년 전까지만 하더라도 간이식을 시행한 병원은 예닐곱 정도에 지나지 않았고 그 사례도 50건 미만인 것으로 알려져 있는데 현재는 그 몇 배에 달하는 병원에서 천 여 건 이상을 실시하고 있는 실정이다. 장족의 발전을 이룩한 것이다. 생명을 포기하던 환자들에게 새로운 희망을 불러일으키고 있다. 그래도 문제는 여전히 공여자가 많이 부족하다는 점이다.

나는 장기 기증자로 현재 등록되어 있다. 처음 장기를 기증하겠다고 하면 국립장기이식 관리기관에서 전국의 장기이식 대기자를 대상으로 이식 대상자 선정절차를 거치며 이들을 위해 공여자는 장기 기증자로 등록을 하여 관리한다. 그리고 장기 기증자는 전국의 장기이식 등록기관 중에서 어느 한 지점을 선택하여 본인이 직접 내왕해서 등록신청을 한다. 만약 살아있는 본인이 아니라 뇌사자 혹은 사망자의 경우 그 가족이나 유족 중에서 1

인이 대신하여 등록신청을 할 수가 있다. 등록도 매우 간단하다. 장기 등 기증자 등록 신청서와 장기 기증 동의를 확인할 수 있는 서류 또는 장기 적출 요건 규정에 의한 사망자의 가족이나 유족이 하는 경우 그 가족이나 유족의 유무를 확인할 수 있는 서류를 구비해야 한다.

▲ 심봉섭 장례식 중의 가족들

나는 원광대 병원에서 신체장기를 기증했다. 자신이 죽은 뒤에 신체의 일부를 기증하는 일은 누구나 심각한 일이지만 나는 당시 아이들하고도 상의하지 않았다. 아이들이 당연히 반대를 할 것이기 때문이다. 어떤 자식들이 자기 부모님의 장기를 기증하는 일에 탐탁해 하겠는가 말이다. 그래서 나는 아이들 몰래 슬쩍 장기를 기증하고 말았다. 아이들이 알면 아마 난리가 났을 것이다. 나는 60이 조금 넘은 나이에 신체를 기부했던 셈이다. 나는 하나

도 두렵거나 여전히 후회가 되지 않았다. 지금도 이렇게 책을 펴내는데 있어서 참 생각할수록 잘 했던 일로 손꼽을 수가 있겠다는 생각에서 여기 이렇게 기록을 해보는 것이다. 지금 여든이 넘은 나이에는 하고자 해도 하지 못할 것인데 인체를 연구하는데 작은 도움이 되어 우리 사회에 좀 더 밝은 세상을 열어줄 수 있다면 나는 그만이라고 생각한다. 나는 여전히 내가 그 일만은 정말 잘 했다고 생각하고 다시 돌아가도 후회 같은 것은 전혀 하지 않을 것이다.

조카들에게 성의 표시를 하다

나는 나름대로 많은 돈을 벌었다. 돈을 버는 것이 목표였던 지난날들, 후회 없는 삶을 살았지만 그래도 아쉬움이 많이 남는 것도 사실이다. 다시 한 번 인생을 살아볼 수 있다면 과거보다는 나은 삶을 살 수 있을까? 간혹 이런 생각을 해보게 되는데 하루하루 최선을 다해 살아온 나로서는 크게 후회되는 것은 없다. 그런데도 마음에 맺힌 하나는 친정 조카들에 관한 것이었다. 나는 지금까지 내 친정 조카들에 대해서는 이렇다 하게 베풀지를 못했던 것 같다. 내 오빠와 언니는 여러 명의 조카들을 두었다. 오빠는 독신으로 애들을 여러 명을 낳았으며, 아들 여섯 명을 낳았다. 언니들은 애들을 그리 많이 낳지는 않았다. 나는 열심히 나누고 봉사하는 삶을 살았지만 진정 내 친정 조카들에게는 큰 마음먹고 학비 같은 것을 집어주지 못했던 것 같다. 조카들의 수를 헤아려보니 아홉이었다.

그런데 마치 지난날에 내가 은행에 맡긴 돈 5천만 원이 기한이 되어서 찾게 되었다. 나는 항상 마음에 조카들을 돕지 못한 점이 안타까워 이번에는 은행에서 나온 돈 5천만 원을 가지고 조카 아홉 명에게 5백만 원씩 보태주었다. 조카들에 대한 미안함을 어떻게든지 덜어보려는 마음에서 그랬던 것이다. 그래서 4천오백 만 원을 조카들에게 주었는데 언니네 조카 하나가 이모한테 해드린 것이 없어 받을 수가 없다고 다시 돌려주었다. 나는 어떻든지 내 성의를 비록 작지만 이렇게라도 보여주고 싶었다. 워낙 바쁘게 살아오다 보니 친정 조카들에게 마음을 쓸 여유가 없었던 것인데 이렇게 하고나니 조금 위안이 되었다.

시어머니의 부모님 제사를 위해 밭을 사드리다

우리 시어머니는 장녀이며 친정에 아들이 없어서 본의 아니게 시어머니가 친정 부모를 모시게 되었다. 물론 한 집에서 같이 사신 것은 아니지만 같은 마을에서 살았고, 시어머니는 항상 친정 부모님을 찾아 극진히 보살폈다. 내가 혼인을 해서 들어왔을 때 시어머니의 친정 부모님은 모두 생존해 계셨지만 나중에 모두 돌아가시게 되었다. 그래서 시어머니와 내가 시어머니의 친정 부모님의 제사를 올렸다. 시어머니의 여동생이 바로 같은 마을 옆에 살았기 때문에 제사 때면 항상 그 여동생이 왔고, 또한 다른 마을에 사는 시어머니의 사촌 남동생 최명식이란 사람이 간혹 제사

를 지내러 우리 집에 왔다. 그러니까 최명식은 사촌 누나네 집에 와서 큰아버지 제사를 모셨던 것이다.

그런데 나중에 그 최명식이란 분이 와서 제사를 본인이 모셔 가겠다고 하였다. 그래서 결국 시어머니의 부모님 제사를 사촌 동생이 지내게 되었던 것이다. 나는 이 지면을 빌어 최명식 씨에게 스스로 조상의 제사를 누님한테 맡길 수 없다며 사촌이지만 자신이 직접 모신다고 제사를 찾아간 점에 대해 정말 진심으로 감사의 마음을 전하고자 한다. 당시 시어머니가 하루는 제사를 모시러 갔는데 최명식이란 동생이 이렇게 하소연을 했다고 한다. 조상님들로부터 수저 하나 물려받지 않았는데 제사를 모시게 되었다는 하소연이었던 모양이었다. 나는 이런 말을 하시는 시어머니의 속이 매우 안쓰러웠던 것을 당시 알아차렸다. 그래서 곰곰 생각하다가 시어머니가 제사를 모시러 편안히 다닐 수 있도록 쌀 열 가마를 가지고 밭을 하나 최명식 씨한테 사드렸다. 그 밭에 농사를 지어서 제사라도 해결할 수 있도록 배려했던 것이다. 비록 작은 것이지만 제사를 지내는데 작은 도움이 되었으면 하는 생각에서였다. 이런 일도 지나놓고 생각해 보면 하나도 아깝지를 않고 잘 했다는 생각이 든다.

나는 오직 돈을 벌어야 훌륭하게 살 수 있다는 목표를 세워서 살았다. 그래서 정말 열심히 돈을 벌었다. 돈을 벌어서 어떻게 쓰느냐의 문제는 정말 중요한 일 같다. 오직 혼자 잘 먹고 잘 살려고 돈을 번다면 무슨 의미가 있겠는가. 밥을 굶고 사는 사람이 없는 요즘 어떻게 우리 삶의 질을 높일 수 있을까? 이런 문제가 가장 중요한 것이라고 나는 생각한다. 그래서 돈을 삶의 질을 높일 수 있도록 사용하는 것이 무엇보다 훌륭한 것임은 분명하다. 내가 지금까지 살아오면서 나누고 베풀었던 일이나 이웃들과 함께 했던 일들은 정말 아무리 생각해도 잘했다고 생각한다. 후회되는 것이 어떻게 하나라도 없을 수야 있을까마는 가만히 방에 누워 지난날을 돌이켜 보면 정말 내가 걸어온 길이 크게 부끄럽지 않고 오히려 잘 했다는 생각이 든다. 내가 살아온 후회 없는 일들에 대해 여기에 기록하려고 하면 끝이 없을 것이지만 나는 마지막 남은 생애에도 잘 살았다고 자부할 수 있는 삶을 살고 싶다. 남의 눈에 어떻게 비쳐질지 모르나 내 스스로 판단하여 부끄럽지 않고 부족함이 없는 삶을 살고 싶다. 그래도 참 인생이 무엇인지 문득 아쉬움이 남는 것은 무슨 까닭일까? 아아, 인생이란 정말 누구에게나 아쉬움이 남는 것은 아닐지……

나를 기억해 주시는 분들에게

봉사정신이 우리가 사는 세상에는 매우 중요하다. 봉사는 희생을 동반하기 때문에 결코 쉬운 일이 아니지만 마음만 먹으면 어려운 일도 아니다. 어르신들에게 따뜻한 말 한 마디라도 건네 서로 소통하고 나란히 앉아 같이 식사 한 끼니를 하면서 마음을 나누는 것도 일종의 봉사라고 생각한다. 비록 물질적인 부분이 아니라 하더라도 봉사하는 마음은 가질 수가 있다.

세상을 살면서 몸 둘 바를 모를 일은 나를 기억해 주시는 분들이 있다는 점이다. 내가 무슨 일을 했다고 내 이름을 치켜세워주는 분들이 있어서 황송한 마음 금할 길이 없다. 무슨 이름을 내려고 작은 나눔과 봉사를 실천한 것도 아닌데 결과적으로 내 이름을 부르며 내가 걸어온 길에 박수를 보내주려는 사람들이 있어서 부끄럽기 그지없다. 그래도 나를 생각해주는 분들에게 고마운 마음은 전하고자 한다. 내가 이들을 위해 더욱 열심히 좋은 일을 하면서 살아야겠다는 나름의 다짐을 하려고 한다.

평산 신 씨 종중에 감사를

평산 신 씨 종중에 먼저 감사의 뜻을 전하고자 한다. 내 뿌리의 근간인 평산 신 씨 종중에서 내게 공로장을 주신다기에 나는 극구 사양을 했다. 그러나 애써 종중의 숭조돈목 정신을 기리면서 평산인으로 자부심을 찾고자 하는 분들의 성의를 물리치는 것은 도리가 아니기에 그저 참여는 하지 못하고 마음으로 받겠다는 뜻을 전했다. 그랬더니 종중의 회보에 나에 대한 기사를 올려 정말 당시 몸 둘 바를 몰랐다. 나는 종원 인재양성과 평산인의 긍지를 높이는데 지대한 공로가 다른 이들에 귀감이 된다는 과찬의 말씀을 들었다. 나는 정말 이런 표창을 들을만한 위치에 있지 못하는데 이런 귀한 상을 주셔서 고맙기도 하고 미안하기도 했다. 어떻게 하면 우리 종중을 위해 작은 도움이라도 드릴 수 있을지 여전히 고민하며 살아야 할 이유라고 생각한다.

평산 신 씨의 시조(始祖)는 신숭겸(申崇謙)이다. 그는 전라도 곡성 사람으로 태봉의 기장이었다고 하며, 배현경. 홍 유. 복지겸 등과 후고구려의 궁예(弓裔)를 폐하고 왕건을 왕으로 추대하여 고려를 건국하게 하였던 인물이다. 신숭겸은 고려 개국공신으로 대장군이 되었던 인물이다. 신숭겸은 후백제 군대의 포위로 전세가 위급한 상황에 태조 왕건을 구하고 장렬히 전사한 인물이며, 태조는 그의 유해를 춘천에 예장하도록 하고 추봉과 더불어 시호를 내렸다고 전한다. 평산 신 씨는 특히 조선 후기에 세력을 떨친 명문이며, 상신 8명, 대제학 2명, 공신 11명, 문과급제

186명 등을 배출하였다고 전한다. 현재 우리나라에 평산 신 씨는 약 50여 만 명에 달하고 있다. 이런 종중의 후예로서 종중의 회보에 이름을 올릴 수 있게 되어 염치도 없으면서 한편으로 뿌듯한 마음도 들었다. 그래서 이 지면을 빌어 감사의 뜻을 전하지 않을 수가 없는 것이다.

나는 평산인으로서 앞으로도 조상의 이름에 누가 되지 않도록 살고자 한다. 여전히 인간답게 고고하게 남을 도우면서 사는 길이 어떤 길보다 훌륭한 길임을 나는 믿어 의심치 않기 때문이다. 내가 살아온 과거를 다시 한 번 생각할 수 있는 기회를 주신 것에 대해 정말 감사를 드리며, 남은 생애 하루를 살아도 후회 없이 살리라고 다짐을 하여본다. 또한 평산인이 된 것에 대한 자부심도 이 지면을 빌어 전하고자 하며, 우리 종원들이 어디서든 합심하여 후손으로서 부끄럽지 않고 우리 사회의 근간이 되도록 더불어 노력하고자 하는 것이다. 이것이 종원 뿐만 아니라 독자에 대한 나의 다짐이라 할 수 있다. 나는 이렇게 말로만 약속하는 사람이 아니라 직접 몸소 실천하는 사람이 되고자 하며 그래서 더욱 어깨가 무겁다는 점을 알아주었으면 좋겠다.

익산시에 감사를

나는 무엇보다 익산시에 감사를 드린다. 나는 무슨 상을 바라보고 봉사를 하는 것도 아니며 기부를 하는 것도 아니다. 그저 정말 내 마음 깊은 곳에서 우러나서 스스로 하는 일이다. 그런데 익산시에서 나를 선정해서 표창장을 주고 격려를 해주었다. 지난 2010년 10월 이한수 익산시장님이 내게 표창장을 하사하여 몸 둘 바를 몰랐다. 상장이란 것이 어려서는 마음을 들뜨게 하고 좋았지만 이렇게 나이가 들어 받는 상장은 생각보다 마음이 편하지 않는 부분도 있었다. 우리 지역사회에 대한 더 많은 부담감으로 작용하는 것도 맞기 때문이다.

나를 특히 노인복지에 기여한 공로를 인정하여 손수 '모범 노인'이란 문구까지 적어서 상장을 주셨는데 이런 상을 받을만한 사람들이 어디 나뿐이겠는가. 이웃과 지역사회에 대해 더욱 관심을 가져달라는 의미로 받아들이니 마음은 편해졌다. 아무튼 상장을 받은 것에 대해 이 지면을 빌어 감사의 마음을 전하고자 한다. 나와 같이 나이 들면서 늙어가는 어르신들이 우리 주위에는 무척 많이 있다. 나는 지금도 젊은이들에게 꿈과 희망을 주고 싶은 마음도 간절하지만 무엇보다 나이 먹고 늙어 가시는 노인들에게 정성으로 마음을 나누고 싶은 심정이다. 노인의 날을 맞이하여 익산시로부터 이런 표창장을 받은 것은 비록 나만을 위해 익산시가 하사한 상장이 아님을 잘 알고 있다. 남중동 경로당 공간에서 함께 생활하시는 어르신들에게도 감사와 희망의 뜻을 전달했던 것이라고 나는 생각한다.

표창장에서도 말하고 있듯이 봉사정신이 우리가 사는 세상에는 매우 중요하다. 봉사는 희생을 동반하기 때문에 결코 쉬운 일이 아니지만 마음만 먹으면 어려운 일도 아니다. 어르신들에게 따뜻한 말 한 마디라도 건네 서로 소통하고 나란히 앉아 같이 식사 한 끼니를 하면서 마음을 나누는 것도 일종의 봉사라고 생각

한다. 비록 물질적인 부분이 아니라 하더라도 봉사하는 마음은 가질 수가 있다. 노인들이 모여 있는 경로당에서 분위기를 부드럽게 하고 재미있게 분위기를 이끌어가는 일도 봉사이다. 분위기는 노인들이 모여 사는 공간에 활력소가 된다. 우리 남중동 경로당에도 그런 분들이 여럿 있다. 화투놀이를 하면서도 분위기를 즐겁고 재미나게 하는 분들이 진정 노인복지를 위해 필요한 분들이란 생각이다.

내가 익산시로부터 받은 표창장은 바로 이런 분들과 함께 나누어야 한다는 것이 내 개인적인 생각이다. 거창하게 엄청난 사람들을 위해 봉사하는 것이 아니라 내가 속해 있는 장소에서 그저 따뜻한 마음 같이 하는 마음 하나로 그 어떤 것 보다 더 큰 봉사의 효과를 이끌어 낼 수 있는 것이다. 몸은 늙으면 마모되고 죽으면 사라지는 존재이다. 움직일 수 있을 때 몸을 움직여서 누군가를 위해 도움이 될 수 있다면 봉사로서 충분한 것이라고 나는 생각한다. 그래서 이웃들과 더불어 사는 일은 평생을 두고 계속할 우리들의 소중한 일과일 것이다.

원광대학교에 감사를

세상을 돌아보면 더러 감사할 데도 많이 있음을 이번에 새삼 알게 되었다. 감사하는 마음은 누구나 가지는 인간 본연의 성정이라 생각한다. 내게 배려하고 따뜻한 마음을 보여주고 나를 치하하는 일을 만나면 누구나 감사하는 마음이 생긴다. 나 역시 인간이기 때문에 두 눈을 감고 문득 지난날들을 되돌아보니 감사할 일들이 많음을 느끼게 된다. 원래 내가 학교를 설립하여 우리 교육환경 발전을 위해 무엇인가 힘을 보태고자 하였다가 국제전광사의 부도를 만나 뜻을 이루지 못했는데 내가 원광대에서 학문을 하는 영광을 얻게 되었던 것이다. 내가 자식들을 원광대에 보내면서 학부형으로서 그 학교 교정을 밟았을 뿐인데 내가 직접 학문을 할 수 있는 그런 기회가 주어졌던 셈이다.

나는 원광대 원불교학대학원에서 한국사상과정을 공부했다. 우리의 사상에 대해 다양한 학문들을 접하고 새로운 세계를 엿볼 수 있는 계기가 되었다. 조선 문제 연구소가 주관한 중국 조선족의 역사와 조선 전통정신의 학술세미나에 참여하는 영광도 누렸다. 그래서 중국 연변대학 조선 문제 연구소장으로부터 이수증도 받게 되었다. 1994년의 일이니 지금으로부터 20여 년 전의 일이다. 그리고 다음 해에는 원광대 총장으로부터 공로상을 받게 되는 영광을 누리게 되었던 것이다.

나는 대학원 학생회의 부회장의 직분을 맡아서 비록 짧은 학기지만 최선을 다했다. 열과 성을 다하여 내가 원우회에서 해야 할 일이 무엇인지 파악하며 당시에는 나름대로 소신껏 일을 했던 것 같다. 특히 회원들의 친목도모를 위해서 애를 썼고 어떻게 하면 학습의욕을 고취할 수 있을지 도움이 되도록 작은 힘을 보탰다. 이런 나의 성실성을 인정했기 때문에 총장이 직접 공로상을 베푼 것이라고 나는 생각한다. 아무튼 나를 인정해주고 나의 존재를 깨닫게 해준 것에 대해 나는 아직도 큰 고마움을 느끼고 있다. 당시 우리 대학원 원우회는 전국에서 다양한 분들이 참여

하고 있었는데 나는 이런 분들과 교감을 나눌 수가 있어서 매우 좋았다고 생각한다. 내가 바라보는 세계에 대해 그 과정을 통해

▲ 원광대 한국사상 과정
수료식 사진

서 매우 성숙해졌을 것이라고 자부한다. 그래서 나는 어떤 과정이든지 학문을 할 수 있는 환경을 만든다는 것은 매우 좋은 일이라고 생각한다. 그런 까닭에 이 지면을 빌어서 원광대학교에 감사를 표하고자 한다. 비록 지면을 통해 나의 이런 뜻을 전하지만 내 마음속에는 항상 원광대에 대한 감사가 자리 잡고 있으며, 어떻게 원광대를 위해 의미 있는 사람이 될 수 있을지도 늘 염려하고 있다.

익산 제일교회에 감사를

내 정신적 지주가 되는 제일교회에 감사드리지 않을 수 없을 것이다. 처음 힘이 들었을 때 내 핍박받고 지친 영혼을 받아주신 하나님의 넓은 사랑에 무엇보다 감사드린다. 내 믿음이 비록 부족하지만 항상 따뜻한 마음으로 내 영혼을 감싸주신 주님의 사랑에 머리를 숙이지 않을 수가 없다. 교회에 열정적인 신앙을 보여

▲ 원광대 한국사상 과정 수료식 날
(손자들과 함께)

주지 못하는데도 나를 자꾸 반석위에 올려주시는 교회 관계자들에게도 고마움을 전한다. 나는 진실한 마음을 담아 주님한테 헌금을 하자는 약속은 잘 실천하고 있는데 내가 하는 일에 대해 항상 주님이 인도하시는 것이라 믿고 있기 때문에 후회가 없는 것 같다.

그저 부족하지만 경건한 마음으로 나는 교회를 왕래하고 있다. 교회에서 내게 기도도 부족한 터수인데 권사직을 주시고 또

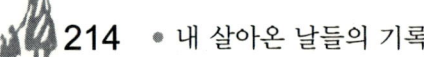

사양한 제게 명예 권사직을 주시는 것을 볼 때 내가 하나님의 축복받는 삶을 살고 있다는 자부심이 생기기도 하였다. 어떻게 해서라도 내게 하나님의 영광을 보여주시고 사랑을 보여주신 교회에 감사드리며, 받을 자격도 없는 내게 집으로 직접 상을 보내주신 교회의 배려에 지면을 빌어 큰 감사를 드린다. 내가 이런 상을 극구 거절한 것은 거만함도 아니요 자만함도 아니다. 그저 내가 부족하기 때문에 자신이 없어서 그러는 것이다. 이런 상장이나 상패도 아껴서 더 의미 있는 데다 쓸 수 있다는 생각이 앞선 탓에 종종 이런 자리를 사양하는데 그 고마운 마음까지 없는 것은 아니라는 것을 이해해주셨으면 좋겠다.

내가 감사를 드릴 분들이 어디 여기 언급한 분들 뿐이겠는가. 내가 몸담고 있는 그 어디든지 나는 감사할 일이 많다고 생각한다. 한국부녀회 역시 마찬가지며, 남중경로당 어르신들 역시 마찬가지다. 오늘의 나는 나를 아는 모든 분들이 만들었다는 생각에 변함이 없다. 주변 분들이 아니라면 나는 오늘 여기 존재할 수도 없었을 것이다. 나를 믿고 나를 받아주고 나를 가족으로 인정하기 때문에 서로 함께 할 수 있었을 것이라고 생각한다. 이 지면을 빌어 나도 더 베푸는 삶을 살고 이웃들에게 더 많은 사랑을 베풀어야 하겠다는 다짐을 하여본다.

우리들의 운명을 예측하다_전상록을 보다

　내가 살아온 날들, 나는 최선을 다해서 성실하게 살아왔다는 자부
심을 이 책을 통해 발로하고 싶은 것이다. 윤달의 운명적인 일들과
전상록의 운명적인 일들을 긍정적으로 받아들이기로 하니 내가 살아
온 날들이 전혀 후회되지 않는다.

　접산리 광산부락에서 익산 인화동으로 우리가 이사를 나온 이
후 사업에 어느 정도 성공을 했을 때 나는 나름대로 익산 시내에
서 알아주는 재벌가의 부인들을 만날 수가 있었다. 우리는 자주
어울려서 다녔는데, 인화동 신신백화점 여자와 해운상회 즉 큰 건
어물 도매상 여자와 문화유리 여자가 있었다. 원래 이 분들은 먼
저 좋은 관계로 사귀던 사람들인데 나에 대해서도 어느 정도 소문
을 들었던 모양이었다. 이분들이 그래도 당시 재벌 소리를 듣는
사람들이었다. 나도 역시 '호남털실'이란 상호로 익산에 알려져 있
었기 때문에 이들과 새로운 인연을 맺게 되었던 모양이다.

　하루는 우리들이 얘기 중에 전주에 가면 전상록을 보는 데가 있다는 얘기를 들었다. 전 세상일을 본다는 의미에서 전상록이라 했던 모양이었다. 문화유리만 나와 갑장이었고, 다른 분들은 나보다 연상이었다. 그래서 나는 이분들로부터 많은 위로를 받았다는 생각이 든다. 하루는 이들이 나를 데리고 전주에 전상록을 보러 가자고 하였다. 신기하고 워낙 유명한 집이어서 예약을 해야만이 가능했는데 이들이 나를 위해 예약을 미리 해놓고 내게 같이 가자고 하였던 모양이었다. 나는 당시 매우 바쁜 탓에 성의를 못 이겨서 어쩔 수 없이 가게 되었다.

그런데 전상록 집에 가서 전생을 보던 순간에 나는 정말 놀라고 말았다. 하나하나가 하나도 틀린 것이 없었기 때문이다. 해운상회가 가장 연상인데 그 분에 대해서 말하기를, 먼저 당신은 전생에서 머슴을 몇 해를 부리고 새경을 안주어서 그 것을 갚으려면 평생을 갚아야 한다고 하였다.

나에 대해서도 매우 의미심장한 말을 들려주는 것이었다. 문화유리는 재산은 많이 타고 났는데 명이 짧겠다고 하였다. 신신백화점은 아들 셋에 딸이 하나이며 돈이 많은데 서울에 가서 아이들이 학교에 다녔다. 그런데 전상록에서 말하기를, 아무리 재벌이고 풍부해서 아들 잘 가르쳐도 벼슬을 못한다고 하였다. 즉 큰 직장을 잡지 못한다는 말이었다. 나는 어찌 지금 생각해 보아도 생생하다.

나는 전생부터 고집이 매우 셌던 모양이다. 전생에 내가, 금이 있었는데 새카만 덩어리가 있었는데 그것을 닦고 있었다고

한다. 아무리 닦아도 색이 안 나오니 이 사람 저 사람이 도와주려 해도 싫다 하였다고 한다. 그런데 심봉섭 씨가 하나 닦아준다 하여 세 개 중에 하나를 닦아 주었다고 하였다. 그래서 내가 평생을 심봉섭 씨에게 그 닦아준 대가를 갚아야 한다고 그가 말했던 것이다. 또한 당시 전상록 결과 나는 애를 타고난 것은 맞은데 다른 사람보고 들어다 주라고 하여 이제 해석해 보니 정확히 맞는 말이었다.

나는 당시 나와 관련하여 하나도 다를 바가 없이 딱 맞는 점이었다는 생각이 들었다. 나중에 듣고 보니 문화유리는 대전에 거부가 되어 갔는데 정말 일찍 죽었다는 소식을 들었다. 해운상회는 전생에 머슴한테 새경을 안주어서 평생 자식한테 돈을 대주어야 한다는 것이었다. 그러니까 이승에 자식들이 전생에서 머슴이었던 것이다. 그리고 신신백화점은 자식들이 아무리 훌륭한 대학을 나왔어도 좋은 직장에 취직을 하지 못했다고 한다. 아무리 생각해 봐도 우리들이 당시 보러 갔던 전상록의 말과 살아놓고 보니 하나도 다를 바가 없었기 때문에 지금도 생각해 보면 신기한 일이 아닐 수가 없다. 또한 내가 심봉섭 씨한테 이렇게 희생하는 것을 당연하게 생각하였고, 원망을 하지 않게 되었다.

내가 생모가 시간을 맞추어 젖을 잘 못 물리기 때문에 바쁜 중에도 가게로 나와서 젖을 물리고 그런 것을 보고 전상록을 보러 다녀온 이후에 나와 인연을 맺고 살던 여자들이 나더러 부러 "자네 들어다 준 놈 젖 먹이는가?" 이렇게 농을 걸었다. 당시에는 무심히 웃고 넘어갔지만 이제 생각해 보니 모든 것이 정확히 들

▲ 신경희 여사

어맞았다는 생각이 들었다. 정말 신기한 일이 아닐 수가 없다. 신신백화점은 장관을 나올 것처럼 가르쳤지만 하나도 특출한 자식을 내지 못했고, 인물이 너무나 빼어난 문화유리는 일찍 죽었다. 해운상회는 아들이 인물이 좋은데 인물 좋은 여자들을 제 마음대로 사귀고 도박도 하고 하여 돈을 대주다 우리 집으로 도망을 왔던 적도 있다. 결국 어머니는 자취를 감추고 아무런 친척한테도 거처를 안 알려 주고 어디 있는지조차 몰랐다고 한다. 아들은 재산을 모두 탕진하고 결국 자살을 하였다고 했다.

지금 그 분들은 모두 돌아가시고 세상에 없다. 세월이 참 무상하지만 지난날의 추억이 그리움처럼 가슴속에 남아 있다. 문화유리는 나와 형제간이냐고 물었던 기억도 있다. 정말 지적으로 살아온 날들이 이제 완전히 기억의 저편으로 물러나고 있다. 참 세

월이 많이 흘렀으며, 지난 전상록을 생각해 보면 내가 살아온 세월이 하나도 틀리지가 않았다. 그래서 위로하며 살고 있다. 나와 인연이 깊은 분들의 삶을 더듬어 보니 우습기도 하고 재미도 있지만 한편으로 마음이 숙연해지기도 한다.

전생에 자식을 타고 났지만 금만 닦느라고 열심이었다니 말이다. 들어다 달라고 한 놈 잘 크냐는 그 분들의 우스개 물음이 생각난다. 명이 짧고 평생을 갚아야 하고 어느 하나 틀린 데가 없다. 나는 이런 전생노 생각하면서 긍정적으로 받아들이고 싶다. 그래서 내가 살아온 세월이 하나도 후회가 되지 않는다. 남편을 위해 빚을 갚느라 그러나 보다고 생각하기 때문이다. 남편 역시 사업도 해보려고 애쓴 적도 많지만 남편은 사업 운도 없었다. 해운상회와 인연으로 속초에다 잔뜩 명태를 사서 장사를 해보려 하면 명태 값이 한없이 빠져서 손해를 보았다. 창고에 가득 쌓아두어 한번 비행기를 타고 속초 가서 보았는데 도저히 시세가 없어 값을 매겨 거래할 수가 없었다. 해가 지나면 완전히 망할 것만 같아 애를 끓였던 적도 있다. 명태는 그때 값이 떨어져서 지금까지 싸다고 생각한다. 남편은 손만 대면 실패를 했다. 그는 놀음도 꾸준히 한다기 보다 간혹 하면서 하룻밤에 왕창 노름을 했다. 하룻밤에 왕창 노름을 해서 쌀 이백 가마니를 잃은 적도 있어서 창고에서 나 몰래 이백 가마니를 싫어간 적도 있었다. 아침에 방앗간에서 와서 쌀을 실어가야 하는데 수공 받으러 와서 쌀 다 가져갔다는 것이었다. 누가 쌀을 내 갔느냐 물었는데 남편이 그랬다고 했다. 그래서 남편이 놀음을 하여 이백 가마를 노름하여 잃었다는 것을 알았다. 남편은 이렇게 살다가 병이 들어 누워 있으니 겨우 노름에서 손을 뗐다. 생각해 보니 내가 정말 당시 전상록에서 들은 대로 내가 빚을 많이 갚았다는 생각이 들었다.

혹시 이런 소식을 들은 누군가가 이 글을 통해서 나와 교감을 할 수 있게 되기를 바란다. 내가 들려주고 싶은 얘기나 내가 그들에게 당부하고자 하는 얘기는 이미 앞의 글 속에 모두 녹아 있다고 볼 수 있다. 남들이 닦아준다 해도 모두 마다하고 어찌 심봉섭 씨가 닦아준다 한 것만 도움을 받았는지 세상이란 참 묘한 이치가 녹아 있는 것만 같다. 앞에서도 언급했지만 이상하게 남편 심봉섭 씨는 윤사월 공달에 결혼하고 윤달에 태어나고 윤달에 돌아가셨다. 이 또한 그저 보통으로 넘길 수 있는 예사로운 일이 아닐 것 같다. 결혼은 하는 수 없이 동생 때문에 그 달을 피하기 위해 그랬다 쳐도 다른 일은 운명적으로 무슨 연관이 있지 않나 생각이 드는 것이다. 공달에 혼인을 대부분 하지 않는 것은 불문율처럼 내려오는 것이다. 나는 이런 모든 운명에 순응하고 이런 모든 운명적인 일들을 원망하지 않을 것이다. 내가 살아온 날들, 나는 최선을 다해서 성실하게 살아왔다는 자부심을 이 책을 통해 발로하고 싶은 것이다. 윤달의 운명적인 일들과 전상록의 운명적인 일들을 긍정적으로 받아들이기로 하니 내가 살아온 날들이 전혀 후회되지 않는다.

부 록

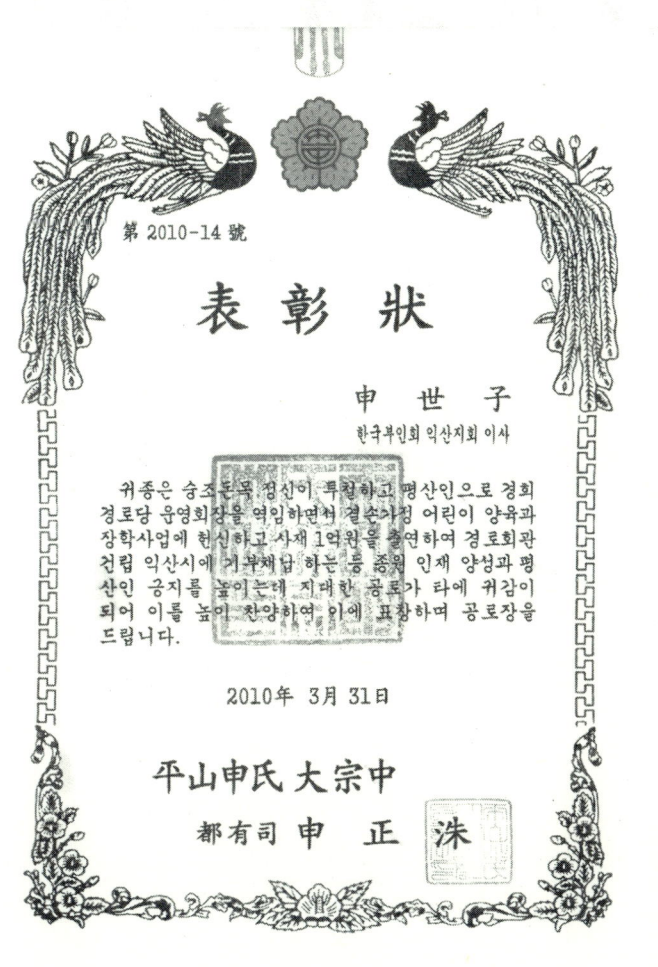

第 2010-14 號

表 彰 狀

申 世 子
한국부인회 익산지회 이사

귀종은 숭조돈목 정신이 투철하고 평산인으로 경회
경로당 운영회장을 역임하면서 결손가정 어린이 양육과
장학사업에 헌신하고 사재 1억원을 출연하여 경로회관
건립 익산시에 기부채납 하는 등 종원 인재 양성과 평
산인 긍지를 높이는데 지대한 공로가 타에 귀감이
되어 이름 높이 찬양하여 이에 표창하며 공로장을
드립니다.

2010年 3月 31日

平山申氏 大宗中

都有司 申 正 洙

功 勞 賞

姓 名 : 신 세 자

　위 분은 韓國思想課程 第3期 學生會 副會
長으로서 맡은바 직분에 열과 성을 다하여
회원들의 친목을 도모하고 학습의욕을 신장
시켜 본 과정의 발전에 끼친 공로가 크므로
이에 표창합니다.

1995년 1월 21일

圓光大學校 總長 哲學博士 宋 天 恩

제217호

표 창 장

노인복지기여
(모범노인)

주소: 남중동 538-33
성명: 신 세 자

귀하는 평소 봉사정신으로 노인
복지를 위하여 헌신하고 사회적
분위기를 조성하는데 기여한 공이
크므로 제14회 노인의 날을 맞이하여
이에 표창합니다.

2010년 10월 5일

익산시장 이 한 수